무림오적 67

초판 1쇄 발행 2024년 6월 20일

지은이 | 백야
발행인 | 최원영
편집장 | 이호준
편집디자인 | 최은아
교열 | 김민원 조은결

펴낸곳 | ㈜디앤씨미디어
등록 | 2002년 4월 25일 제20-260호
주소 | 서울시 구로구 디지털로32길 30 코오롱디지털타워빌란트 1301-1308호
전화 | 02-333-2513(대표)
팩시밀리 | 02-333-2514
E-mail | papy_dnc@dncmedia.co.kr
블로그 | blog.naver.com/gnpdl7

ISBN 978-89-267-9208-7 04810
ISBN 978-89-267-3458-2 (SET)

※ 저자와 협의하여 인지는 붙이지 않습니다.
※ 이 책은 ㈜디앤씨미디어(파피루스)가 저작권자와의 계약에 따라 발행한 것으로 본사와 저자의 허락 없이는 어떠한 형태나 수단으로도 내용을 이용할 수 없습니다.

1장. 집착(執着) 7

2장. 야우(夜雨) 43

3장. 삼풍(三風) 79

4장. 난전(亂戰) 113

5장. 맹우(盟友) 149

6장. 해검(解劍) 185

7장. 무당(武當) 209

8장. 혜검(慧劍) 233

9장. 시연(試演) 257

10장. 자격(資格) 281

1장.
집착(執着)

몸과 마음이 모두 선정에 들어 움직이지 않고
토굴 속에 혼자 앉아 오고 가지 말지어다
적적하고 고요해서 아무 일도 없으니
내 마음속에 있는 부처나 만나 보러 가리라

집착(執着)

1. 심불자귀(心佛自歸)

"형님! 형님!"

희창 스님이 즐겁다는 듯이 떠들며 참회동 안으로 뛰어 들어갔다. 그 와중에도 그의 입은 쉬지 않고 움직였다.

"형님이 말씀하셨던 그 꼬마 녀석과 만나고 왔습니다! 와아! 정말이지, 형님께서 자랑하실 만하던데요? 아주 손속이 중후하고 강인하면서도, 날렵하고 날카로운 것이 하마터면 큰코다칠 뻔했습니다!"

"조용히 좀 해라."

늙은 목소리가 혀를 차듯 들려왔다.

"매번 네 녀석 때문에 제대로 참선을 하지 못하잖느냐?"

"하하, 참선의 극에 다르면 열반(涅槃)에 드신다고 하셨잖아요? 아직 제게 가르쳐 주실 게 많은데 벌써 열반에 들면 안 되잖습니까?"

"으음? 그럼 설마 네 녀석, 지금까지 일부러 내가 참선에 집중하지 못하도록 방해한 거란 말이더냐?"

"네? 그걸 이제 아셨습니까?"

"에이, 못된 놈!"

"그렇게 화만 내지 마시고요. 제가 조금만 더 성장할 때까지 지켜봐 주세요."

"흥! 네놈은 이미 다 성장했다. 뭘 지켜보라는 게냐?"

"아니거든요? 조금 전에도 형님의 그 꼬마 녀석에게 하마터면 질 뻔했거든요? 그러니까 노스님께서 마음 놓고 열반에 드시기에는 너무 이르다는 겁니다."

"흐음. 그 뭐지, 담 시주의 아들이라는 아이와 싸운 게냐?"

"아뇨. 가볍게 산수만 나눠 봤습니다."

"호오. 그런데도 네가 질 뻔했다?"

"네. 아주 기기묘묘한 수법을 사용하면서도 한 점 흔들림이 없고 자세가 낮게 안정되어서, 어지간한 기술을 걸어도 전혀 균형을 잃지 않더라고요. 방심했다가 외려 제가 당할 뻔했다니까요?"

"호오. 그렇단 말이지? 도대체 어느 정도의 기재인지

한번 직접 보고 싶구나."

"그런데 그거 아세요?"

"뭘 말이냐?"

"형님 말을 들어 보면 그 담호라는 아이보다도 동생인 담창이라는 아이의 자질이 더 뛰어나다고 하더라고요. 저 사선행수였던 담 대협이 그렇게 말씀하셨대요."

"호오."

"하지만 워낙 놀고 까부는 걸 좋아하고 인내와 끈기가 없어서 아직 그 자질을 발휘하지 못하고 있을 뿐, 한번 제대로 시작하면 십 년 이내로 구파일방의 모든 고수를 누르고 천하제일인이 될 거라고 했어요."

"내가 언제 그리 말했냐?"

좌정을 한 채 잠든 줄 알았던 장예추가 입을 열었다. 희창 스님은 자신의 꾀가 통했다는 듯 혀를 살짝 내밀며 장난스럽게 웃었다.

"어라. 안 자고 다 듣고 계셨네요, 형님."

"네가 하도 시끄러워서 어디 잠을 잘 수가 있어야지. 게다가 저 밖은 또 왜 이리 시끄러운 거지? 네가 무슨 사달이라도 벌인 거야?"

"아니거든요. 밖에서 들려오는 함성은 비무 때문에 그런 거지, 제가 무슨 일을 벌여서 저러는 게 아니라고요."

"비무?"

"네. 사숙들이 화평장 손님들과 비무를 벌이고 싶다고 하셨거든요. 저도 그 비무에 참석해서 담호 소년과 정식으로 한번 싸워 보라고 하셨는데, 제가 굳이 그럴 이유가 어디 있겠어요? 이미 산수를 통해서 서로의 실력과 인품과 성격을 가늠했는데 말이에요."

"흐음."

장예추는 드디어 감고 있던 눈을 천천히 뜨며 희창 스님을 바라보았다.

이십 대 중후반의 나이였으니 이제는 어리다고 할 수 없는 그였지만, 여전히 얼굴에는 순박하고 천진난만한 기운이 그대로 남아 있었다.

하지만 의외로 그가 아무렇게나 내뱉는 말 한마디, 한마디에는 묘한 현기(玄機)가 스며 있어서 듣는 이로 하여금 저도 모르게 한번씩 되새겨 보게 만들고 있었다.

"쯧쯧."

현정성승도 희창 스님의 말에 동의하는지 혀를 차며 입을 열었다.

"나이 어리고 모자란 네 녀석도 이미 잘 알고 있는 것을, 어찌 그 나이가 되도록 전혀 알지 못하고 있는 겐지 모르겠다. 나이를 똥꾸녕으로 처먹은 것도 아닐 텐데 말이다."

집착(執着)을 버리라는 게 불교의 가장 큰 화두였다.

돈에 관한 집착, 여색(女色)에 대한 집착, 명예와 권력에 관한 집착은 물론이거니와 승부에 대한 집착도 마찬가지였다.

 하지만 다른 집착은 다 버리면서도 끝끝내 무공과 승부에 관한 집착을 버리지 못하는 건 결국 소림사의 중들 또한 무림인이기 때문이리라.

 희창 스님이 웃으며 말했다.

 "그러는 노스님께서도 집착을 버리지 못하는 건 사숙들과 마찬가지가 아닙니까?"

 "내가 무슨 집착을 버리지 못한다는 게냐?"

 "열반에 들겠다는 것도 집착이 아닙니까? 참선을 통해 깨우침을 얻겠다는 것도 집착이잖습니까? 결국 살아간다는 것, 죽고자 하는 것, 아니 생각하고 사념하고 감정을 갖는 것 자체가 모두 집착이잖습니까?"

 희창 스님의 말에 현정성승은 꿀 먹은 벙어리가 되었다.

 희창 스님의 얼굴은 여전히 웃고 있었지만 그 눈빛은 전혀 웃지 않았다. 외려 슬픔과 자조로 가득 차서, 금방이라도 눈물이 뚝뚝 흘러내릴 것만 같았다.

 "집착이 꼭 나쁜 겁니까? 죽은 자를 그리워하는 것도 집착일 테고, 살아가는 것에 대한 죄책감을 느끼는 것도 집착일 텐데, 그렇다면 결국 스스로 목숨을 끊어서 모든 걸 무(無)로 돌려보내는 것이야말로 제대로 집착을 끊게 되는 게 아니겠습니까?"

 장예추는 잠자코 희창 스님의 말에 귀를 기울였다.

 어젯밤 희창 스님을 찾아왔을 때가 기억났다. 비록 겉으로는 환하게 웃고 있었으나 그 웃음 속에 감춰진, 세상의 모든 죄를 짊어진 듯한 자조(自嘲)의 빛을 장예추는 놓치지 않고 볼 수가 있었다.

 오늘도 마찬가지였다. 어제보다는 진심으로 밝아진 얼굴이었지만, 여전히 그 밝은 얼굴 뒤에는 아직도 자신 때문에 죽어 간 현오성승이나 다른 사숙들에 대한 죄책감을 견디지 못하는 어린 사미승이 숨어 있었다.

 그리고 지금 희창 스님이 한 말이야말로 자신의 진심을 고백하고 있는 것이었다.

 ―차라리 죽는 것이 이 모든 고통과 번뇌에서 벗어나는 일인가요?

 희창 스님은 그렇게 묻고 있었다.

 그걸 알고 있기에 현정성승은 아무런 말도 하지 못하고 있는 것이었다.

 "언젠가 들은 기억이 있다."

 장예추는 잠시 생각하다가 입을 열었다.

"집착을 버리라는 것 자체가 집착이라고 말이지. 결국 집착을 버리라는 건 모든 번뇌와 고민과 갈등을 떨쳐 내는 과정을 말하는 게 아닌가 싶다. 그렇게 자신의 몸을 옭매고 갉아먹는 굴레들은 하나씩 벗어던지는 과정. 그게 집착을 버리라는 화두가 아닐까 싶다."

이번에는 희창 스님이 현정성승처럼 입을 다물었다. 장예추는 또 잠시 생각을 정리하다가 다시 입을 열었다.

"내가 그런 말을 할 처지가 아니라는 건 잘 알고 있지만, 아니 나도 너처럼 수많은 번뇌와 갈등과 자책의 굴레에서 벗어나지 못하고 있기 때문에 잘 알고 있기도 하니까."

장예추는 그렇게 말하면서 그간 자신을 옭아매고 묶어두었던 굴레들의 존재를 하나하나 제대로 파악하고 인식할 수 있게 되었다.

동시에 수십 갈래로 나뉘어서 서로 헝클어지고 엉긴 사념과 사념들이 하나의 사고(思考)로 묶이고 정리되기 시작했다.

"그렇구나. 나 역시 집착하고 있었던 거였다. 꽁꽁 묶인 것에서 벗어나기 위해 발버둥을 치는 게 아니라 애당초 날 묶고 옭아맸던 것들부터 제대로 인정하고 파악하는 것부터가 비로소 그 집착을 버리는 시작점이 되는 것인데 말이다."

집착(執着) 〈15〉

장예추는 말을 하면 할수록 더 눈앞이 맑아지고 정신이 번쩍 드는 것 같았다.

"하아. 하룻밤 꼬박 지새워 참선했어도 전혀 깨우치지 못한 것들이, 그저 한순간의 대화로 말미암아 이렇게 이해할 수 있게 되다니!"

장예추는 진심으로 감탄했다.

그랬다. 원래 각성(覺醒)은 한순간에 이뤄지는 것이다. 참선(參禪)은 그저 그 한순간을 일깨우기 위한 하나의 수련 과정에 불과할 따름이었다. 참선은 절대 목적이 될 수 없었다.

"허어, 그렇구나."

현정성승이 무릎을 치며 감탄했다.

"생로병사(生老病死)가 자연의 이치이듯 희노애락(喜怒哀樂)이 생명의 본질이듯, 집착 또한 살아 있는 자의 본질 중 하나인 게다. 본질을 버리면서 어찌 생명에 대한 존엄(尊嚴)을 논하고 깨달음을 이야기할 수 있겠는가?"

현정성승 또한 희창 스님과 장예추의 말을 들으면서 뭔가 깨달음을 얻은 듯 연신 고개를 끄덕이며 말했다.

"그렇구나. 결국 집착을 버리라는 게 함정이었던 게야. 그걸 화두로 삼으라고 한 것 자체가 경계(儆戒)고, 주의(注意)고, 조언(助言)이었던 게지. 그게 목적이 아니었던 거였어."

그는 진심으로 기뻐하고 놀라고 또 한편으로는 당황해하며 말을 이었다.

"그 사실을 이런 식으로 깨닫는구나. 역시 언하(言下)에 대오(大悟)가 있는 겐가? 그렇다면 결국 참선은 대오각성(大悟覺醒)보다 심불자귀(心佛自歸)의 과정인 겐가?"

홀로 골똘하게 중얼거리는 현정성승의 말은 뭔가 이해하기가 힘든 단어들이 섞여 있었지만 희창 스님과 장예추는 충분히 이해할 수 있었다.

아니, 정확하게 표현하자면 그들은 지금 현정성승의 말을 이해하는 게 아니라 그의 심정과 기분과 깨달음을 이해할 수 있었다.

그건 놀라운 일이었다.

하룻밤 명상에 잠겼던 장예추도, 십여 년간 죄책감과 죄의식으로 자책하며 지내던 희창 스님도, 수십 년을 참회동에서 지내며 참선에 전념하던 현정성승도, 그들 모두 공교롭게도 이날의 짧은 대화를 통하여 각자에게 어울리는 깨달음을 얻게 된 것이었다.

그때였다.

"와아아!"

기슭 아래 천불전 쪽에서 일어난 요란한 함성이 이곳 참회동까지 희미하게 들려왔다. 수백 명이나 되는 소림사 스님들의 힘찬 함성과 박수 소리였다.

"드디어 시작하나 보네요."

문득 희창 스님이 동굴 밖으로 고개를 돌리며 말했다.

"누가 이기더라도 다치는 사람이 없었으면 좋겠어요."

그러고는 다시 장예추를 돌아보며 활짝 웃었다.

"뭐, 말은 그렇게 해도 당연히 우리 사숙들이 이기시기는 하겠지만요."

"설마."

장예추도 따라서 빙긋 웃으며 말했다.

"몇 대 몇의 비무인지는 모르겠지만……."

"오 대 오라고 하셨어요."

"흠, 그럼 다섯 판 모두 우리가 승리할 거다."

"네? 에이, 그건 말도 안 돼요. 형님도 없는데 어찌 다섯 판 모두 이길 수가 있어요? 아무리 잘 봐 드려도 삼 대 이, 그게 최선이죠."

"글쎄? 강 형님 성격이라면 내가 빠졌어도 다섯 판 모두 이기려 들걸?"

"호오, 그건 노납도 구미가 당기는 말이구나."

방금까지 현학전인 단어를 읊조리고 있던 현정성승이 눈을 크게 뜨며 말했다.

"노납이라면 삼 대 이 정도로 장 시주의 동료들이 이길 것 같구나. 어쨌든 무림오적이라 불리는 다섯 중 셋이 있으니 말이다."

"말도 안 돼요."

희창 스님이 반박했다.

"아무리 장 형님 동료분들이 강하시다지만 우리 사숙 중에서 그중 한 명조차 꺾을 분이 없으시려고요. 저는 무조건 우리가 이긴다! 최소한 삼 대 이로는 이긴다, 이렇게 생각합니다. 형님은요?"

"나? 나야 말했잖아, 다섯 판 모두 우리가 이긴다고."

"그거 농담 아니었어요?"

"언제 내가 농을 즐기던?"

"으음. 하기야…… 하지만 그렇다면 형님은 진짜 우리 소림사를 모르시는 거예요. 우리가 얼마나 강하냐면 말이죠."

"아니, 괜히 여기에서 갑론을박(甲論乙駁) 다툴 필요는 없다. 우리도 나가서 비무를 구경하고 결과가 어찌 나오는지 보면 되니까 말이다. 아, 내기도 하자꾸나. 진 사람들은 이긴 자의 소원 하나씩 들어주기로 말이다."

현정성승이 끄응, 하며 자리에서 일어나더니 누가 말릴 틈도 없이 성큼성큼 참회동을 빠져나갔다. 오늘 아침까지만 하더라도 전혀 있을 수 없는 일이 벌어진 것이었다.

2. 하룻밤의 참선

"잠깐만요, 노스님! 제가 부축해 드릴게요!"

희창이 서둘러 현정성승을 따라나섰다. 장예추도 자리에서 일어나 그 뒤를 따르며 물었다.

"그런데 말이다. 조금 전 성승께서 하셨던 그 말들이 무슨 뜻이냐?"

"무슨 말이요?"

"왜, 언하에 대오라는 둥 심불자귀라는 둥 하는 말들 말이다."

"아, 그거요?"

희창은 빠른 걸음으로 동굴을 빠져나가며 말했다.

"언하에 대오는 육조단경(六祖壇經)에 나오는 언하변오(言下便悟)와 같은 말인데요. 말을 듣자마자 혹은 말을 하자마자 그 자리에서 즉각 깨닫는 걸 말해요."

육조단경은 소림사의 육조(六祖), 즉 여섯 번째 조사였던 혜능(慧能)의 설법을 담은 책으로, 그 안에는 참선에 의한 전통적인 깨달음과는 매우 다른 돈오돈수(頓悟頓修)를 주장하는 내용이 담겨 있었다.

돈오돈수는 곧 '찰나에 깨달아 부처가 되니, 한 번 깨달으면 더는 수행할 것이 없다'라는 뜻이었다.

그것은 오랫동안 참선하고 정진하여 첫 번째 깨달음을

얻고, 그렇게 얻은 깨달음을 통해 계속해서 쉬지 않고 정진하고 수행해야만 비로소 진정한 깨달음을 얻어 부처가 된다는 기존의 불법과는 정면으로 부딪치는 이론이었다.

"언하대오(言下大悟)나 언하변오 모두 찰나의 깨달음을 이야기하는 말이에요. 아마 다른 노스님들이 살아 계셨더라면 그 무슨 망발이냐며 펄쩍 뛰셨을 겁니다."

희창 스님은 문득 아련한 표정을 지으며 그렇게 말했다. 장예추는 그와 보조를 맞춰 동굴을 나서며 물었다.

"그렇다면 심불자귀는?"

"아, 그것도 경전에 나오는 구절이에요. 으음, 누구더라. 저 천마 백마린과 싸워 이겼다는 혜우선사의 무무진경인가, 아마 거기에 나오는 구절일 거예요. 정확하게 말하자면 이런 내용입니다."

희창 스님은 곧 칠언(七言)으로 된 시 한 구절을 읊기 시작했다.

심신파정원무동(心身把定元無動)
묵좌모암절왕래(默坐茅庵絕往來)
적적가가무일사(寂寂家家無一事)
단간심불자귀의(但看心佛自歸依)

몸과 마음이 모두 선정에 들어 움직이지 않고

토굴 속에 혼자 앉아 오고 가지 말지어다
적적하고 고요해서 아무 일도 없으니
내 마음속에 있는 부처나 만나 보러 가리라

장예추는 가만히 그 구절을 음미했다.

내용을 들어 보니 바로 이 참회동에 관한 이야기인 듯했다. 또한 참회동에 홀로 앉아서 참선하는 것이 깨달음을 얻기 위함이 아니라, 이미 내 마음속에 자리를 잡은 부처와 대화를 하기 위함이라는 내용도 담겨 있었다.

'그렇구나.'

장예추는 그제야 비로소 현정성승이 자리를 박차고 참회동 밖으로 빠져나간 이유를 정확하게 이해할 수 있었다.

현정성승은 혼잣말을 하던 도중 자신의 말에 깨달음을 얻은 것이었다.

또한 참선이라는 게 깨달음을 얻기 위한 도구가 아니라는 것도 알게 되었으니, 굳이 이 축축하고 적적한 토굴 깊은 곳에 홀로 앉아서 좌선하고 있을 이유가 없게 된 셈이었다.

그래서 현정성승은 지금 저렇게 지팡이 하나를 짚고서 모든 근심과 고뇌와 번뇌를 훌훌 털어 버린 채 자유로운 발걸음으로 산기슭을 내려가고 있는 것이었다.

희창 스님은 한달음에 현정성승의 곁으로 날아 내려가 얼른 그의 한쪽 팔을 부축하며 말했다.

"그렇게 빨리 걷다가 넘어지십니다."

현정성승이 웃었다.

"허허허. 넘어지는 게 무서워 걷지 못한다면 어찌 어린 아가들이 제 발로 일어설 수 있겠느냐?"

"또, 또 쓸데없는 화두 좀 그만 던지시고요. 자, 이쪽으로 걸으세요. 거기는 미끄럽습니다. 쳇, 우산도 안 쓰셨잖습니까? 자꾸 그렇게 고집을 부리시면 다시 참회동으로 모시겠습니다."

희창 스님의 엄포에 현정성승은 장난꾸러기 아이처럼 콧잔등을 씰룩이며 웃었다. 그러고는 순순히 희창 스님의 말대로 발을 디딜 곳을 가려 가면서 산을 내려갔다.

장예추는 그 뒷모습을 지켜보다가 문득 한없이 마음이 평온해지고 평온해졌다.

어젯밤까지만 하더라도 폭풍을 맞은 바다처럼 격랑이 부딪치고 새하얀 포말(泡沫)이 쉬지 않고 일어나던 그의 마음이 삽시간에 잔잔해져서 그야말로 거울처럼 맑고 투명하고 깨끗하게 가라앉았다.

물론 그렇다고 해서 장예추가 저 현정성승처럼 뭔가 깨달음을 얻고 각성한 건 아니었다.

그저 지금까지 자신을 괴롭혔던 번민과 고뇌와 갈등과

근심들이 결국에는 파도에 쓸려가는 모래알과 다를 바가 없다는 걸 깨닫고 이해했을 따름이었다.

하지만 그것만으로도 충분했다.

하룻밤의 참선으로 얻은 것치고는 그 이상 가는 게 없을 정도로 대단한 수확이었다.

무엇보다 평정심(平靜心)을 기반으로 펼치는 그의 제왕검해가 한 단계 더 발전하는 계기가 된 것만으로도 확실히 커다란 도움이 된 하룻밤의 참선이었다.

장예추는 싱긋 웃고는 훌쩍 몸을 날렸다. 순식간에 그의 신형이 현정성승의 곁에 내려앉았다. 그러고는 발을 맞춰 함께 기슭을 내려가 소림사 후문으로 들어섰다.

후문에 들어서자마자 요란한 함성이 들려왔다. 세 사람은 잔뜩 흥분한 표정으로 서둘러 방장실을 지나 두어 개의 월동문을 거쳐 천불전이 있는 경내로 들어섰다.

수백 명의 스님이 빼곡하게 모인 그곳에는 놀랍게도 혜광 대사와 담호가 우뚝 서 있었다.

이미 승패가 가려진 듯 담호는 격한 호흡으로 어깨를 들썩거리는 와중에도 환한 표정을 짓고 있었으며, 반면 혜광 대사는 한점 흐트러짐 없는 자세와 태도를 견지하고 있으면서도 그 표정은 실망에 가득 차 있었다.

방장과 장로들이 나란히 앉아 있는 자리 뒤쪽에서 걸음을 멈춘 현정성승이 혀를 찼다.

"쯧쯧. 아무래도 진 모양이로구나."

희창 스님이 도저히 믿을 수 없다는 얼굴을 하며 중얼거렸다.

"혜광 사숙이 패할 리가 없을 텐데요."

장예추가 빙긋 미소를 지으며 말했다.

"그게 다 장 형님이 부린 요술인 게지."

"에이, 그런 게 어디 있어요?"

"그런 게 여기 있으니까 지금 이렇게 말도 안 되는 일이 벌어진 게 아니겠니?"

장예추가 그렇게 말할 때였다. 그제야 등 뒤의 기척을 알아차린 듯 방장 공허 대사와 장로들이 일제히 뒤를 돌아보았다. 그들은 자신들의 뒤에 현정성승이 서 있는 걸 보고는 깜짝 놀라 황급히 자리에서 일어났다.

"어인 일이십니까, 사숙조?"

"이쪽으로 앉으시지요."

장로들이 서둘러 자리를 마련했다.

현정성승은 당연하다는 듯이 자리에 앉더니 자신의 좌우 옆자리에 희창과 장예추를 앉혔다. 졸지에 자신들의 자리를 빼앗기게 된 장로들은 살짝 겸연쩍은 미소를 지으며 서둘러 의자를 챙겨 왔다.

현정성승은 비무대에서 시선을 떼지 않은 채 입을 열었다.

"그 강만리인가 뭔가 하는 아이의 꼼수에 당한 게냐?"

방장 공허 대사가 소리 없이 웃으며 대답했다.

"네. 확실히 강호를 오래 떠나 있어서 그런지 혜광은 강 시주의 노련한 격장지계에 휘말려 제대로 실력 발휘를 하지 못하고 패했습니다."

"그게 바로 지금의 소림사가 틀렸다는 증거인 게야."

현정성승의 말에 장로들의 안색이 급변했다. 공허 대사는 표정의 변화 없이 담담한 어조로 물었다.

"어디가 틀렸을까요?"

"강호는 위험한 곳이지."

현정성승은 비무대를 내려가는 혜광 대사를 지켜보며 입을 열었다. 무덤덤한 표정으로 패배의 충격을 숨기고자 했지만 혜광 대사의 얼굴은 이미 창백해져 있었다.

"온갖 계략과 함정으로 점철된 곳이야, 강호는. 지닌 본연의 무공과 무위와는 전혀 상관없이, 언제든 옆구리에 칼이 들어오고 뒤통수를 얻어맞을 수 있는 곳이 바로 강호라는 세상인 게지."

처음에는 어처구니없던 표정이었던 장로들도 이내 진지하고 심각한 얼굴로 현정성승의 말에 귀를 기울였다.

"나나 현일과 현오가 무공이 약해서 당했을까? 아니, 그건 절대 아니거든. 정면으로 부딪쳐서 싸운다면 세상 그 누구도 우리 늙은이들을 당해 낼 수 없을 게야. 하지만 결국에는 어찌 되었지? 우리는 패했고 죽었고 내공을 잃었네. 왜? 왜 그리되었을꼬? 세상에서 둘째가라면 서러울 정도의 무공을 지닌 우리였는데 말이지."

 현정성승의 질문에 누구 하나 답하는 이가 없었다. 현정성승도 대답을 기대하지 않았다는 듯이 계속해서 말을 이어 나갔다.

 "그건 우리가 너무 순진했기 때문일세. 저 혜광처럼, 상대가 얼마나 악랄하고 잔악한 흉계를 꾸밀지 전혀 몰랐기 때문이네. 강호라는 동네가 얼마나 비열하고 음흉하고 꿍꿍이가 많은 곳인지 전혀 알지 못했기 때문이네."

 "으음."

 장로 중 몇몇이 낮은 신음을 흘렸다.

 확실히 강만리의 계략은 어떻게 대응해야 할지 모를 정도로 소림사 스님들의 허점을 제대로 파고들었다. 당한다는 것을 뻔히 알면서도 결국 당할 수밖에 없는 계략.

 결국 소림사 스님들이 순진해서, 멍청해서 그렇게 당할 수밖에 없었던 것일까.

 "경험이 부족한 게지."

 현정성승은 딱 잘라 말했다.

 "불과 삼 년의 행각만으로 모든 걸 파악하고 이해하기에는 강호라는 곳이 너무나도 넓고 거대하고 깊은 곳이니까. 그 안에 숨어 있는 온갖 흉계와 꼼수와 함정들을 다 파악하기에는 삼 년의 시간이 너무나 부족한 게야. 도대체 삼 년 동안 강호를 떠돌아다니면서 얼마나 많은 걸 보고 듣고 배울 수 있을 것 같은가?"

확실히 소림사의 경우에는 강호에 나가는 일이 극도로 제한되어 있었다. 특히 정사대전 이후로는 저 '삼 년 행각'이 아닌 한 아주 특별한 경우를 제외하고는 강호에 나서지 않는 게 소림사였다.

"그게 틀렸다는 게야. 옳게 되려면 더 많은 경험이 필요한 게지. 뒤통수를 얻어맞다 보면 어떻게 방비해야 할지 알게 되는 거고, 흉계에 빠지다 보면 미리 그 대책을 마련할 줄도 알게 되고, 함정도 빠져 봐야 눈에 들어오는 게다. 얻어터지다 보면 맷집이 쌓이는 것처럼, 그렇게 하나둘씩 쌓인 경험이야말로 그것들을 상대로 제대로 싸울 수 있게 만드는 원동력이 되는 게다."

현정성승의 말이 이어지는 동안 비무대에는 두 번째 비무자들인 혜담 대사와 담우천이 올라섰다.

하지만 현정성승은 여전히 가늘게 뜬 눈으로 담우천이 아닌 강만리를 쳐다보며 말을 이었다.

"흠. 멧돼지같이 생겼지만 속에 구렁이가 열두 마리는 있어 보이는군. 게다가 내공이…… 최소한 이 갑자는 넘어 보이는 내공을 지니고 있군그래."

강만리에 대한 그의 평가에 장로들은 물론 공허 대사까

지 깜짝 놀란 표정을 지었다.

"최소한 이 갑자의 내공이라고요?"

"그래. 왜? 내 눈이 틀렸다고 말하고 싶은 겐가?"

"아, 아니, 그건 아닙니다."

"내 눈은 믿어도 되네. 비록 내공은 잃었지만 그래서 예전에는 보지 못하던 것까지 볼 수 있게 되었거든."

현정성승은 강만리에게서 시선을 떼지 않은 채 장예추에게 말을 건넸다.

"어떤가. 내 눈이 틀렸나?"

"아뇨. 정확하십니다."

장예추는 공손하게 대답했다.

"강 형님의 내공은 우리 형제 중에서 으뜸이십니다. 아마 이 갑자는 훌쩍 넘지 않았을까 생각합니다."

"으음."

"허어."

장로들은 입을 다물지 못했다.

일반적으로 생각하자면 이 갑자의 내공은 평범한 재능을 가진 자가 평범한 심법을 통해 백이십 년 동안 하루도 빼먹지 않고 꾸준히 내공을 쌓아야 얻을 수 있는 양이었다.

그러니 논리적으로만 생각해 본다면 특출난 기재가 뛰어난 심법을 운용하여 오륙십 년 만에도 쌓아 올릴 수 있는 게 이 갑자 내공일 수도 있었다.

그러나 현실은 달랐다.

내공은 높은 경지에 오를수록 점점 쌓기가 힘들어졌다. 십 년 동안 운기조식하여 십 년의 내공을 쌓았다면, 그 후 똑같은 십 년의 세월 동안 꾸준히 노력해도 칠팔 년 내공밖에 쌓이지 않는다.

그리하여 일 갑자의 내공이 쌓인 후라면 십 년 세월을 통해서 단 일 년의 내공을 얻기조차 힘들어진다.

바로 그게 현실이었고, 세상 모든 무림인이 내공을 높여 주는 영단과 환단, 영물 등에 목숨을 거는 이유가 또 거기에 있었다.

소림사도 다를 바가 없었다.

수많은 고수가 즐비한 소림사였지만 그래도 이 갑자 내공은 아마 내공을 잃기 전의 현정성승 정도나 되어야 가능한 내공이기도 했다.

즉, 다시 말해서 당금의 소림사에는 그 누구도 이 갑자 이상의 내공을 지닌 자가 없다는 뜻이었다.

그러니 아직 사십 대로 보이는 저 멧돼지 같은 자가 이 갑자 내공을 지니고 있다는 현정성승과 장예추의 말에, 소림사 방장과 장로들이 놀라지 않을 수가 없었던 것이었다.

3. 살인마(殺人魔)

아무래도 쉽게 그칠 비는 아니었다.

가랑비인 듯 이슬비인 듯 추적추적 내리던 비는 오후가 되면서 점점 굵어지기 시작하더니, 이제는 제법 따가운 소리를 내며 쏟아지고 있었다.

지면은 온통 흙탕물이 되었고, 바닥에 깔린 돌과 돌 사이에 웅덩이가 고였다. 비무대 위를 덮은 천막과 불당과 불전의 처마와 연결했던 차양막에서 가느다란 폭포처럼 빗물이 흘러내렸다.

하지만 주변을 가득 메운 열기는 식지 않았다. 외려 그 열기는 뜨거운 수증기처럼 모락모락 피어올라 주변을 가득 데우던 한순간, 두 번째 비무가 시작되었다.

혜담 대사는 십 성 전력을 기울여 담우천을 송두리째 박살 낼 것처럼 공격을 퍼부었다. 그의 두 손에서는 소림사 칠십이종의 절예(絶藝)들인 관음무영장과 금강여래천격이 연달아 쏟아져 나왔다.

우르르! 쾅쾅!

마치 천둥이 치고 벼락이 내리치는 듯한 굉음과 섬광이 일었다. 금강여래천격이 발출된 것이다.

동시에 그 강맹무비한 장력의 그림자 속에 숨겨진 은밀한 무형의 장력이 뱀처럼 소리도 내지 않은 채 미끄러지듯 담우천의 빈틈을 파고들었다. 절정에 이른 관음무영장의 한 수였다.

 그 완벽하게 서로 다른 두 개의 강기가 꼬리에 꼬리를 물고 이어지며 담우천의 전신을 강타하는 바로 그 순간!

 담우천의 두 손이 태극 문양을 만들어 내는가 싶더니 고요하고 부드러운 손놀림으로 허공을 휘저으며 금강여래천격의 강맹한 강기를 비스듬히 쳐 냈다.

 쾅! 하는 소리와 함께 담우천의 바로 옆 지면에 거대한 구멍이 생겼다. 바로 담우천이 쳐 낸 금강여래천격의 막강한 위력이었다.

 그와 동시에 담우천은 갑자기 지면 아래에서 고개를 쳐들고 송곳니를 드러내며 달려드는 독사의 목을 채듯, 다른 한 손은 눈에 보이지 않는 관음무영장의 장력을 후려쳤다.

 단 그 한 수로 인해 관음무영장의 은밀하면서도 흉맹한 기운이 송두리째 사라졌다.

 '헉!'

 혜담 대사는 헛바람을 집어삼켰다.

 이 한 수로 반드시 쓰러뜨리겠다는 결연한 의지와 각오를 담은 일격이었다. 하지만 담우천은 마치 어린아이 손목 비트는 것처럼 간단하게 혜담 대사의 공격을 파훼했다.

더더욱 놀라운 건 그렇게 혜담 대사의 소림 절예를 파훼한 담우천의 기술이 저 무당파의 태극만혜신기(太極卍慧神氣)라는 사실이었다.

"어, 어찌 담 시주가 무당파의 무공을……."

혜담 대사가 더듬거리며 묻자, 담우천은 무덤덤하게 대꾸했다.

"내 사부 중 한 분이 무당파분이셨으니까."

"아……."

혜담 대사는 뒤늦게 담우천이 명문 정파의 고인들로부터 무공을 배웠다는 사실을 떠올렸다.

소림사의 공허 대사가 그를 가르쳤던 것처럼 무당파 또한 그에 걸맞은 고인이 담우천에게 무공을 가르쳤으리라. 그리고 그렇게 전수받은 무공 중 하나가 바로 태극만혜신기일 테고.

"그럼 이번에는 내 차례구려."

담우천이 검을 들며 말했다.

혜담 대사의 눈빛이 파르르 떨렸다.

한눈에 봐도 평범해 보이지 않는 검이었다. 비록 뭉툭하고 투박하며 제대로 날조차 서 있는 것 같지 않은 외관이었으나, 가슴 서늘하게 느껴지는 예기(銳氣)와 머리카락이 쭈뼛 서게 만드는 살기만큼은 숨겨지지 않았다.

"대사께서 이 일검을 막으면 내 패배임을 인정하겠소."

집착(執着) 〈33〉

담우천은 광오하고 오만한 말을 함부로 지껄이며 검을 들었다. 몇몇 관중들이 화를 참지 못하고 야유를 보냈다.
그러나 정작 혜담 대사는 화를 내지 못했다. 저 투박한 검에서 천천히 흘러나오는 기세가 점점 더 강렬해지면서 혜담 대사의 전신을 옭아맨 까닭이었다.
담우천은 예의 그, 자신이 인정한 절대 고수들에게만 사용하던 일원검의 초식을 꺼내 들었다.
일원검은 무무진경의 한 구절을 통해서 얻은 깨달음을 담은 초식이었다. 결국 일원검의 뿌리는 소림사에 있었으니, 따지고 들어가 보면 곧 소림사의 무공이라고도 할 수 있었다.
그래서였을까.
담우천이 천천히 검에 기운을 모으는 걸 본 누군가가 깜짝 놀라며 소리쳤다.
"달마신검(達磨神劍)?"
그 소리를 들은 관중들이 일제히 고개를 돌렸다. 동시에 그들은 깜짝 놀라 저마다 소리쳤다.
"아니, 성승께서 언제?"
"성승께서 참회동을 나오셨구나!"
일원검의 기수식을 보고 깜짝 놀라 소리친 이는 다름 아닌 현정성승이었다.
그는 사람들의 시선이 자신에게 향하는 것도 아랑곳하

지 않은 채 놀란 눈빛으로 담우천의 검, 거궐의 검극(劍極)이 희미하게 원을 그리는 걸 지켜보면서 다시 한번 부르짖듯 소리쳤다.

"막을 생각은 하지 마라!"

창노(蒼老)한 음성이 쩌렁쩌렁하게 울려 퍼지는 가운데 담우천의 일검이 허공을 찔러 갔다.

순간 혜담 대사의 시야는 거궐의 검극으로 가득 찼다. 일원검의 기세를 담은 거궐은 전후좌우, 그 사방 어디에도 틈이 보이지 않을 정도로 완벽하게 혜담 대사의 전신을 짓밟고 들이닥쳤다.

'그래, 어디 한번 부딪쳐 보자!'

이미 만반의 준비를 해 둔 만큼 혜담 대사는 내심 자신만만하게 소리쳤다.

금강부동신법이 펼쳐진 그의 두 발은 대지 위에 굳건히 자란 아름드리나무처럼 단단히 버티고 서 있었고, 그의 전신은 금강불괴에 버금가는 금강동인으로 휘감겨 있었으며, 그의 주변은 부딪치는 모든 것을 막아 내고 튕겨 내는 포양대천강막으로 에워싸여 있었다.

아무리 담우천의 일검이 압도적인 파괴력을 지녔다 한들, 그 모든 걸 꿰뚫고 산산이 부수면서 혜담 대사에게 일격을 가할 수는 없을 터였다.

바로 그 순간!

담우천의 일원검이 포양대천강막을 찔렀다. 희미하게 원을 그리던 거궐의 검극이 삽시간에 거대한 소용돌이를 일으켰다.

눈에 보이지 않는 투명한 강막이 순식간에 그 소용돌이 속으로 말려드는가 싶더니, 이내 퍼엉! 하는 굉음과 함께 산산조각이 났다.

그 충격 때문일까. 엄청난 바람이 폭풍 같은 기세로 사방으로 흩뿌려졌다.

비무대를 뒤덮고 있던 천막이 허공으로 날아갔으며, 비무대 주변에서 구경하고 있던 관중들의 옷자락이 세차게 펄럭였다.

어리고 젊은 대부분의 관중들은 그 엄청난 기세의 바람 탓에 눈조차 제대로 뜨지 못한 채 고개를 돌려야 했다. 몇몇 몸이 가벼운 어린 동자승들은 그 폭풍과도 같은 바람에 휘말려 공중으로 날아가기도 했다.

주변의 젊은 중들이 다급하게 손을 뻗어 허공으로 솟구친 그들을 재빨리 낚아채지 못했더라면, 아마도 그들은 숭산 소실봉 꼭대기까지 날아 올라갔을 것이었다.

승부는 아직 끝나지 않았다.

단숨에 포양대천강막을 산산조각 부수고 들이닥친 담우천의 거궐은 그 기세 그대로 혜담 대사의 금강동인과 맞부딪쳤다.

순간 쩌어엉! 하고 쇠와 쇠가 부딪치는 소리가 종소리처럼 울려 퍼졌다.

"막지 말라니까!"

현정성승이 애타고 부르짖는 가운데, 정중앙에 징이 박혀 금이 간 쇳덩이가 아내 사방으로 쪼개지는 듯한 소리가 들려왔다.

쩌쩌적.

그것은 마치 한겨울 살얼음이 깨지는 것 같은, 빙당호로(氷糖葫蘆)를 입안에 넣고 깨물었을 때 나는 소리와 같았으며, 또한 혜담 대사가 온몸에 갑옷처럼 두르고 있던 금강동인이 부서지는 소리이기도 했다.

순간 혜담 대사가 비틀거리나 싶더니 크게 휘청였다. 한쪽 발이 꺾이면서 그대로 자리에 주저앉는 듯 보였다.

하지만 다음 순간 혜담 대사는 모든 힘과 정신을 집중하여 꼿꼿하게 일어서려고 했다. 이대로 주저앉는 건 소림사에 대한 모욕이자 소림사의 긍지를 저버리는 일이었다.

패배를 당해도 우뚝 선 채 당해야 했다. 젊은 후배와 어린 제자들 앞에서 쓰러지거나 나자빠지는 모습은 절대 보여 줄 수가 없었다.

그리고 그게 이미 패배한 혜담 대사가 보여 줄 수 있는 마지막 자존심이자 오기였다.

입술에 피가 나도록 질끈 깨물면서 두 다리에 힘을 주고 버티며 몸을 일으켜 세우려는 찰나, 혜담 대사는 갑자기 목덜미에 뜨끔한 통증을 느꼈다.

'음, 이건?'

그리고 저도 모르게 손을 올려 목덜미를 매만지려는 모습 그대로 혜담 대사는 앞으로 고꾸라졌다. 쿵! 소리가 비무대 바닥을 타고 요란하게 들려왔다.

"혜담 사부!"

"혜담 사숙!"

관중들이 놀라 부르짖는 가운데, 진행을 맡은 혜주 대사를 비롯한 몇몇 혜자배 스님들이 빠르게 비무대 위로 올라갔다.

그들은 앞으로 고꾸라진 혜담 대사를 돌려 눕히고는 재빨리 목에 손가락을 대고, 또 손목의 맥을 짚으며 생사를 확인했다.

이내 그들의 얼굴이 딱딱하게 굳어졌다.

혜주 대사가 침음한 얼굴로 방장 공허 대사를 돌아보며 고개를 저었다.

이미 죽은 것이다. 어떻게 손을 쓸 새도 없이, 소림사의 총교두라고 할 수 있는 천불전주 혜담 대사가 목숨을 잃은 것이었다.

쏴아아아!

거세진 빗줄기가 비무대 위로 쏟아져 내렸다. 비무대 위의 천막은 이미 어디론가 날아가 보이지 않았다.

 비무대에 있는 사람들은 그렇게 하염없이 비를 맞고 있었다. 혜주 대사나 다른 스님들은 물론 죽은 혜담 대사도, 한쪽에 오연하게 검을 든 채 우뚝 서 있는 담우천도.

 "살인마(殺人魔)!"

 누군가 담우천을 향해 소리쳤다. 그리고 그 외마디 절규는 이내 거대한 파도가 되어 담우천을 향해 밀어닥쳤다.

 "죽여라!"

 "놈이 혜담 사부를 죽였다! 놈도 죽여야 한다!"

 "모두 죽여 버려라!"

 마치 누군가 선동하듯 외치기 시작하자, 가뜩이나 흥분하여 이성을 잃고 있던 관중들은 붉게 충혈된 눈으로 담우천을 쏘아보며 악을 써댔다.

 "다들 진정하라!"

 방장 공허 대사가 웅혼(雄渾)한 내공을 실어 사자후(獅子吼)를 터뜨렸지만 아무런 소용이 없었다. 이미 관중들은 이성을 잃은 채 광분에 빠져 있었다.

 "죽여라!"

 "놈을 죽여서 혜담 사숙의 원한을 갚자!"

 그 우레와 같은 비난과 저주와 협박의 함성은 삽시간에

비무대 전체를 휩쓸었으며, 공허 대사의 사자후는 그 함성 속에 묻혀 버렸다.

자칫 폭동이라도 일어날 심각한 기세였다.

만약 누군가 바로 이 상황에서 불을 지른다면, 그 불은 쏟아지는 빗줄기를 아랑곳하지 않고 비무대 주변의 모든 것을 삽시간에 태워 버릴 정도로 격렬해지리라.

그리고 누군가 불을 질렀다.

"죽어라! 네놈이 혜담 사부를 죽였으니, 네놈도 죽어라!"

그렇게 소리친 자는 바닥의 돌멩이를 주워 담우천에게로 집어 던졌다. 그렇게 시작된 돌멩이 하나는 곧 수십 개의 돌멩이로, 다시 수백 개의 돌멩이로 변해 담우천에게로 쏟아졌다.

어린 스님들이 던진 돌멩이 정도야 담우천을 어찌할 수 있을 리가 없었다. 수백 개의 돌멩이가 날아든다 한들 담우천의 몸을 건드릴 리 만무했다.

하지만 담우천은 전혀 방심하지 않고 진지한 표정을 지은 채 거궐을 휘둘러 돌멩이들을 막아 냈다. 아니, 정확하게 말하자면 돌멩이 사이사이를 파고들며 날카롭고 맹렬한 기세로 날아드는 암기들을 막는 중이었다.

'누구지?'

담우천은 그렇게 빗줄기와 함께 쏟아지는 돌멩이와 암

기 세례를 막아 내면서 더없이 날카로운 시선으로 주변을 둘러보았다.

지금 누군가 소림사 스님들 속에 숨어서 그를 암습하고자 하는 것이었다.

그리고 한순간, 담우천은 저 뒤쪽 수십 명의 젊은 스님이 모여서 돌을 던지는 가운데, 두건을 뒤집어쓴 괴한 한 명을 발견할 수가 있었다. 바로 그자가 눈에 보이지도 않을 정도로 미세한 세우침(細雨針)을 던지고 있었다.

"노옴!"

담우천이 벼락처럼 소리치며 괴한에게 검을 가리켰다. 일순 그의 검 끝에서 한 줄기 빛이 광선처럼 뻗어 나가 괴한의 이마를 관통하는가 싶었다.

하지만 바로 다음 순간 괴한은 기다렸다는 듯이 옆에 서 있던 젊은 중을 잡아 끌어당겨 제 앞에 세웠다.

아차! 싶은 담우천이 검을 황급히 움직여 광선의 궤적을 바꾸는 찰나, 괴한이 잡고 있던 젊은 중이 한 가닥 비명을 내질렀다.

"아악!"

젊은 중이 피를 뿌리며 쓰러진 순간, 그 두건을 뒤집어쓴 괴한이 담우천을 향해 환하게 웃으며 소리쳤다.

"놈이 우리 동료를 죽였다! 돌을 던진다고 우리를 죽이고 있다!"

집착(執着) 〈41〉

괴한을 노려보는 담우천의 눈빛이 새빨갛게 물들기 시작했다.

2장.
야우(夜雨)

그리고 그들은 쏟아지는 빗소리를 들으며 이날 밤,
그리고 내일 벌어질 일들에 대해서 생각하기 시작했다.
그게 복수든, 정리든, 혹은 피바람이든.
쏴아아아!
불당 밖으로 쏟아지는 빗줄기는 점점 더 굵어지고 있었다.

야우(夜雨)

1. 심등귀진박(心燈鬼陣搏)

주변의 젊은 스님들이 돌아보았을 때 그 자리에는 오로지 피를 뿌리고 쓰러진 젊은 중 하나가 있을 뿐, 두건을 뒤집어쓴 괴한은 온데간데없이 사라진 후였다.
젊은 스님들이 동료를 부둥켜안고 부르짖었다.
"저자가 희동(希董) 사제를 죽였어! 돌멩이를 던졌다고 저자가 우리 희동이를 죽였어!"
걷잡을 수 없는 분노의 불길이 피어올랐다.
하지만 담우천은 아랑곳하지 않은 채 빠르게 주변을 훑어보았다. 놈, 그리고 놈의 또 다른 동료들을 찾으려는 것이었다.

'암기의 종류가 네 가지가 넘었다. 즉, 최소한 네 명 이상이 이곳에 있다는 뜻이다.'

담우천이 그렇게 속으로 중얼거리며 놈들의 행방을 찾고 있을 때, 비무대 밖에 있던 강만리와 화군악이 황급히 달려와 그의 앞을 막아섰다.

강만리가 주위를 경계하며 낮은 목소리로 물었다.

"형님이 죽인 건 아니시죠?"

담우천은 살짝 눈살을 찌푸리며 되물었다.

"내가 왜 죽이겠느냐?"

"그러니까요."

강만리는 고개를 한 번 끄덕이고는 단전에 힘을 주며 크게 외쳤다.

"모두 멈춰라!"

그의 일갈(一喝)은 조금 전 공허 대사의 사자후처럼 경내에 쩌렁쩌렁 울려 퍼졌다.

놀랍게도 그 일갈에, 비무대를 향해 돌을 던지던 이들도 온갖 욕설과 저주를 퍼붓던 자들로 한순간 그대로 얼어붙은 것처럼 꼼짝하지 못하였다.

돌멩이를 던지던 이들은 던지려던 자세 그대로, 주먹을 불끈 쥐며 욕을 내뱉으려고 입을 벌리던 자들은 바로 그 자세 그대로 돌처럼 굳어 움직일 수가 없게 되었다.

심등귀진박(心燈鬼陣搏)!

압도적인 기세와 무형의 내공으로 상대의 기를 꺾고 압박하여 움직이지 못하게 만드는 수법. 놀랍게도 지금 강만리는 무려 이 갑자의 내공을 동원하여 주변 수백 명의 스님을 한순간 얼어붙게 만든 것이었다.

 강만리는 삽시간에 조용해진 틈을 타서 빠르게 외쳤다.

 "담 형님은 아무도 죽이지 않았소!"

 화군악은 비무대 바닥을 내려다보다가 문득 허리를 굽혀 무언가를 주워 들었다. 그것은 바로 담우천이 쳐 냈던 암기 중 하나였다.

 "누가 돌멩이 세례 속에 숨겨서 암기를 던진 것 같은데?"

 화군악은 그 살짝 부러진 손톱 조각처럼 조그마한 것을 높이 들어 올리며 물었다.

 "누구지? 누가 이 독 바른 송엽자(松葉刺)를 던진 건가?"

 조그맣고 미세한 침 같다고 해서 모두 같은 암기가 아니었다.

 소나무 잎처럼 가늘고 뾰족한 암기는 송엽자라 했다. 세우침은 가느다란 빗방울 같다고 해서 붙여진 이름이고, 소의 털처럼 미세한 침을 따로 우모침(牛毛針)이라 불렀다.

또한 모래알처럼 생긴 암기들은 사(沙)라는 단어가 들어가며 불가사리처럼 생긴 암기는 표(鏢)라고 지칭했다.

 지금 비무대 바닥에는 수백 개의 송엽자, 세우침, 우모침, 그리고 단혼사(斷魂沙)와 오독사(五毒沙)들이 떨어져 있었다. 대부분 극독을 발라 놓아서 단 하나라도 맞으면 목숨이 위중하게 되는 암기들이었다.

 강만리는 힐끗 화군악의 손을 보고는 다시 심등귀진박의 술법을 발휘하여 크게 외쳤다.

 "누군가 혜담 대사를 암살하고, 담 형님에게 그 죄를 뒤집어씌우려 하고 있소! 또한 혼란한 틈을 타서 담 형님을 죽이기 위해 이렇게나 많은 암기를 뿌려 댔소!"

 뒤를 이어 공허 대사가 창노한 목소리로 사자후를 터뜨렸다.

 "모두 이성을 찾고 냉정하도록 하라. 불문(佛門)에 귀의한 자들이 어찌 일개 시정잡배처럼 행동하느냐?"

 공허 대사의 목소리에는 사람들의 울분을 씻어 주고 분노를 가라앉히는 힘이 담겨 있었다. 강만리에 의해 정신적으로 묶여 있던 스님들의 눈빛이 공허 대사의 목소리를 통해 천천히 변하기 시작했다.

 "희동을 비무대로 데려오너라!"

 공허 대사가 다시 외쳤다.

 마침 심등귀진박의 속박이 풀린 듯 서너 명의 젊은 스

님이 이미 죽은 희동을 안고 앞으로 나섰다.

관중들이 웅성거리며 길을 터 주었다. 그렇게 난 길을 따라 젊은 스님들은 희동을 안고 비무대에 올라섰다. 강만리가 다가서자 스님들은 죽일 듯한 눈빛으로 그를 노려보았다.

"강 시주에게 보여 주도록 해라."

다시 공허 대사가 말하자 젊은 스님들은 이를 악문 채 희동을 바닥에 내려놓았다. 쏟아지는 빗물이 그들의 눈을 흥건히 적시고 있었다.

강만리는 쪼그리고 앉아서 희동을 내려다보았다. 그가 뿜어낸 피는 이미 빗물에 흩어져 보이지 않았다. 강만리는 손을 뻗어 희동의 등을 살피고 목과 정수리까지 확인했다.

그렇게 희동의 시신을 샅샅이 훑어본 후 강만리는 천천히 자리에서 일어났다. 그리고 악독한 눈빛으로 자신을 노려보고 있는 젊은 스님들을 둘러보며 입을 열었다.

"여기 담 형님이 어떤 방법으로 희동 스님을 살해했다고 생각하시오?"

"네놈은 보지 못했느냐?"

젊은 스님 한 명이 악을 썼다. 그러자 곁에 서 있던 혜주 대사가 눈살을 찌푸리며 나무랐다.

"말이 거칠다, 희천(希天)."

"하지만 혜주 사숙……."

"아무리 그래도 불문에 귀의한 자가 사용할 법한 단어들이 아니다. 공식적으로, 제대로 질문해 왔으니 너도 공식적으로, 그리고 제대로 대답해 드려야 한다."

혜주 대사의 말에 희천 스님은 이를 악물었다. 그러고는 강만리를 보지도 않은 채 입을 열었다.

"거기 있는 담 시주가 검기(劍氣)를 날린 걸 보지 못한 사람은 아무도 없을 겁니다. 오직 눈먼 봉사만 빼면 말입니다."

자신을 두고 눈먼 봉사라고 에둘러 표현했지만 강만리는 개의치 않은 얼굴로 재차 물었다.

"이 희동 스님의 시신에 검기로 당한 흔적이 보이오?"

희천 스님을 비롯한 젊은 스님들의 눈가에 사뭇 당혹스러운 기색이 스며들었다. 아닌 게 아니라 희동 스님의 얼굴과 목, 가슴 어디에고 검상(劍傷)은 보이지 않았다.

강만리는 침착하게 말했다.

"희동 스님은 누군가 등 뒤에서 명문혈을 강타, 그 충격으로 피를 뿜으며 죽은 것이오. 즉, 담 형님의 검기와는 아무런 상관이 없소. 다들 두 눈으로 똑바로 보지 않으셨소? 마지막에 담 형님이 검을 들어서 검기의 궤적을 바꿨던 걸 말이오."

요란하게 비가 내리는 가운데 강만리의 목소리는 나지

막했지만, 역시 그의 음성을 듣지 못하는 이는 이 경내에 아무도 없었다. 강만리의 묵직한 목소리는 모든 이들의 귓전에 똑똑하게 들리고 있었다.

강만리는 잠시 담우천과 소곤거리며 대화를 나눈 후, 이번에는 공허 대사를 돌아보며 말했다.

"담 형님을 향해 쏘아진 암기의 종류들을 확인하건대, 적은 최소한 네 명 이상인 것 같습니다. 그중 한 명은 두건을 깊이 눌러쓴 젊은 청년이라고 합니다. 담 형님은 그자를 향해 검기를 날렸는데, 바로 그 순간 그 괴한이 희동 스님을 방패로 삼았다고 하더이다."

"으음."

"허어."

"아미타불, 아미타불."

장로들이 연신 신음을 흘리며 불호를 외는 가운데, 강만리가 계속해서 말을 이어 나갔다.

"놈들은 양패구상(兩敗俱傷)을 목적으로 소림과 화평장을 이간질했습니다. 그 목적을 이루지 못한 이상, 계속해서 뭔가 수작질을 부리려 할 게 분명합니다. 그러니 일반 향화객들을 모두 물리시고 주변 경계를 철저하게 해야 할 것 같습니다. 동시에 놈들의 행방을 추격하여 반드시 그자들을 잡아야 합니다."

강만리는 순간적으로 적의 목적을 파악한 후 소림사가

당장 해야 할 방안까지 제안하였다.

아직 담우천의 혐의가 완벽하게 벗어지지 않았다고 생각하는 몇몇 장로들이 눈살을 찌푸리며 입을 열려 했지만 그보다 먼저 현정성승이 말을 꺼냈다.

"무엇하는가, 방장. 얼른 강 시주의 말을 따르지 않고."

공허 대사는 살짝 망설이다가 고개를 숙이며 대답했다.

"알겠습니다, 사숙조. 그리하겠습니다."

* * *

상황은 빠르게 정리되었다.

비가 오는 와중에도 향을 피우고 절을 올리는 데 여념이 없던 돈독한 불심(佛心)의 향화객들은 영문도 모른 채 소림사에서 쫓겨나듯 자리를 떠나야 했다.

물론 소림사 측에서도 그들에게 일일이 사과하며 거마비(車馬費)를 챙겨 주는 것으로 미안함을 표시했다.

비무대도 치워졌고 차양막들도 걷어 냈다. 조금 전까지 왁시글덕시글하던 경내에는 순식간에 빗소리만 울려 퍼지고 있었다.

낮은 배분의 스님들은 모두 자신들의 처소에서 불경을 외웠다. 높은 배분의 스님들은 조를 나눠 소림사 모든 경내를 철저하게 수색했다.

비가 쏟아지느라 안 그래도 한껏 낮게 드리워진 하늘이 천천히 어두워지고 있었다.

혜담 대사와 희창 스님의 시신은 이름 없는 불당에 모셔졌다. 그리고 혜자배 스님들과 장로, 방장, 화평장 사람들이 침울한 기색으로 강만리를 바라보고 있었다.

강만리는 비무대에서 했던 것보다 더욱더 세심하게 세밀하게 시신들을 관찰했다. 사천 성도부 포두 시절 때부터 그의 검시(檢屍)는 일반 검시관(檢屍官)들보다 훨씬 뛰어나다고 정평이 나 있었다.

그런 강만리가 그 어느 때보다도 예리하고 날카로운 시선으로 두 구의 시신을 살폈다.

"도대체 누굴까요, 노스님?"

희창이 나지막한 목소리로 현정성승에게 물었다. 현정성승이 고개를 저었다.

"그동안 참회동에만 처박혀 있던 내게 물으면 어찌 대답하겠느냐?"

"그건 그렇네요."

희창이 고개를 끄덕일 때였다. 한참이나 시신을 살피던 강만리가 무릎을 펴며 일어났다. 불당 안에 있던 모든 이들의 시선이 그에게로 향했다.

강만리는 공허 대사를 향해 입을 열었다.

"사인(死因)은 극독에 의한 심장마비입니다."

일순 장내가 웅성거렸다. 공허 대사가 한숨을 쉬며 물었다.

"역시 독침인 게요?"

"그렇습니다."

강만리가 대답했다.

"목덜미를 보면 점(點)처럼 살짝 피부가 검게 변색된 곳이 있습니다. 바로 독침을 맞은 부위입니다."

거기까지 말한 강만리는 살짝 망설이다가 말을 이었다.

"부검(剖檢)을 하지 않는 이상 그 독침의 종류는 확인할 수가 없습니다만…… 역시 비무대에 떨어져 있던 그 네 종류 독침 중 하나일 게 분명합니다."

그때 잠자코 있던 만해거사가 입을 열었다.

"단혼사나 오독사는 아니오. 또한 우모침이나 세우침에는 혜담 대사를 절명케 할 정도의 독을 주입하거나 바를 수가 없소이다. 너무 조그마하니까 말이오."

강만리가 고개를 끄덕이며 말을 받았다.

"그렇다면 역시 송엽자로겠군요."

세우침이나 우모침이 말 그대로 눈에 제대로 보이지 않을 정도로 미세한 암기라면, 송엽자는 소나무 잎처럼 손가락 마디 반 개 정도의 크기였다.

적어도 그 정도 크기는 되어야만 혜담 대사 같은 고수를 일순간에 독살할 정도의 독을 투입할 수가 있는 것이었다.

　공초 대사 이후로 소림사의 약당을 책임지고 있는 혜은 대사도 두 사람의 말에 동의한다는 듯이 고개를 끄덕이며 입을 열었다.

　"혜담 사형을 즉사하게 만들 정도로 치명적이고 악랄한 만큼, 그 극독은 일반 시중에서는 쉽게 구할 수 없는 독이라고 생각합니다. 소위 독의 명문(名門)이라 할 수 있는 사천당문, 묘강 독문, 남만 오독가 등이 아니면 절대 구하지 못할 독입니다."

　"사천당문은 아닙니다."

　강만리가 확언했다.

　"남만 오독가도 아니오."

　만해거사가 말을 받았다.

　"남만 오독가는 이삼십 년 전 이미 궤멸했으니 말이오."

　"그렇다면 역시 묘강 독문이겠군요."

　강만리는 무심코 엉덩이를 긁적이며 입을 열었다.

　"이른바 새외팔천 중의 하나인 동시에 오랫동안 봉인되어 강호 무림에 나설 수가 없다고 알려진 그곳 말입니다."

"새외팔천?"

불당에 모인 모든 이들의 눈이 휘둥그레졌다.

2. 복수든, 정리든, 혹은 피바람이든

묘강(苗疆) 독문(毒門).

이른바 천하 삼대 독문 중 하나로 알려진 곳이자, 다른 독문들과는 달리 특별하게 고독(蠱毒)과 주독(呪毒)에 특화되어 있기로 유명했다.

또한 문주를 시작으로 모든 문하(門下) 구성원이 여인으로 되어 있는데, 사내들이 받아들이기에는 그녀들의 독에 음기(陰氣)와 저주(詛呪)가 너무 강한 까닭에 태생적으로 사내들이 살아남을 수 없기 때문이었다.

그래서 묘강 독문의 여인들은 시시때때로 사내들을 납치하여 아이를 잉태한 후, 쓸모가 없게 된 사내들은 독물들의 먹이로 삼았다.

아이가 태어난 경우에도 마찬가지였다. 여자아이라면 묘강 독문 전체가 기뻐하며 축제를 벌이지만, 사내아이가 태어나면 그 어미도 모르게 죽여서 독물의 먹이로 준다.

이삼백여 년 전. 묘강 일대에서 걸출한 인재가 나타나

니 그를 일컬어 독의 제왕(帝王)이라 칭했다. 세상 사람들은 그의 우월함과 잔악함과 막강한 힘을 칭송하여 혈봉황(血鳳凰)이라 불렀다.

이후 그는 묘강의 십구족(十九族) 부족을 하나로 아우르고 묘강 독문을 휘하로 두었으며, 남만 오독가를 하인으로 부리면서, 천하 무림을 오시하고 강호를 주유하였다.

그의 앞길을 막는 자는 아무도 없었으며, 그가 지난 자리에는 풀 한 포기조차 남지 않았다.

당시 강호 무림이 할 수 있는 건 그저 숨죽인 채 그가 지나가기만을 기다릴 뿐이었다.

그 혈봉황이 죽기 전 남긴 유물이 곧 봉황금시(鳳凰金匙)였다. 남만 십구족을 휘하로 두고 묘강 독문과 남만 오독가를 좌우에 두어 천하를 호령할 수 있는 열쇠, 그게 바로 봉황금시였다.

"하지만 봉황금시는 자취를 감췄고, 이후 남만의 부족들과 묘강 독문, 남만 오독가는 원치 않은 봉문(封門) 상태가 되어 강호를 출입할 수가 없게 되었지."

현정성승은 묘강 독문과 남만 오독가에 대해 궁금해하는 희창 스님에게 그렇게 설명하고 있었다.

"이삼십 년 전이었지, 아마. 수백 년 봉문 생활을 참지 못한 남만 오독가가 정사대전을 핑계로 문을 열고 강호로 들어섰지. 하지만 혈봉황과의 약속을 지키지 않은 것에 대한 벌로, 결국에는 남만의 부족들과 묘강 독문에 의해 남만 오독가는 궤멸당했단다."

"그럼 그 봉황금시는 아직도 세상에 모습을 드러내지 않은 건가요?"

희창 스님이 호기심을 감추지 못하고 묻자, 현정성승은 재차 눈살을 찌푸리며 대답했다.

"그걸 내가 어찌 알겠느냐? 지난 십 년 가까이 참회동에서 한 걸음도 나서지 않은 내가 말이다."

"그건 또 그렇네요."

희창 스님이 조금 전과 똑같이 고개를 끄덕이며 중얼거릴 때, 화군악은 눈살을 찌푸리면서 저도 모르게 한숨을 쉬었다.

"으음. 역시 종리군, 그 녀석인가?"

강만리는 고개를 끄덕였다.

"아무래도 그럴 가능성이 크겠지. 놈의 낙양 패거리들을 우리가 해치웠으니까. 그걸 알게 된 종리군이 보냈거나 최소한 종리군과 관련이 있는, 가령 천예무나 경천회 놈들이 보낸 자객들인 게 분명하다."

강만리의 말에 불당 안에 모인 스님들의 얼굴이 묘하게 굳어졌다.

그들 중 몇몇은 마치 항상 불행(不幸)과 역병(疫病)을 몰고 다니는 역귀(疫鬼)라도 보는 듯한 눈빛으로 화평장 사람들을 바라보았다.

어쩌면 당연한 일이었다.

애당초 그들이 오지 않았더라면 비무를 열지도 않았을 테니 소림사가 지는 모습을 보지도 않았을 것이며, 혜담 대사와 희동 스님이 죽는 일도 없었을 터였다.

그 이전에도 그러했다.

장예추만 아니었더라면 그의 강시독을 치유하기 위해서 소림오로가 굳이 참회동을 나와 소림사를 떠날 이유가 없었으며, 그렇게 사천당문을 향하다가 적들의 기습에 죽고 다치고 납치되는 일은 없었을 테니까.

그러니 이 모든 불운과 불행이 장예추, 그리고 화평장, 무림오적 때문이라고 생각하는 자들이 없을 리가 없었다.

단지 그들이 존경하고 추앙하는 현정성승과 방장 공허 대사가 화평장 사람들의 편을 들고 있기에 차마 자신들의 진심을 입 밖으로 내뱉지 못할 따름이었다.

주위를 한 바퀴 둘러보던 강만리는 자신을 바라보는 몇몇 눈초리가 심상치 않음을 느꼈다.

강만리도 충분히 이해했다. 어쩔 수 없는 일이었다. 그나마 저들의 불만을 잠재우는 가장 좋은 방법은 한시라도 빨리 암습자들을 찾아내는 일뿐이었다.

"밖의 상황은 어떻습니까?"

강만리의 물음에 혜광 대사가 대답했다.

"혜자배와 정자배가 조를 짜서 순찰 중이오."

혜자배 스님 한 명당 정자배 스님 다섯 명이 한 조가 되어 모두 십이조(十二組)가 소림사 모든 경내를 샅샅이 훑는 중이었다.

하지만 경내는 넓었으며 사람이 마음먹고 숨을 만한 공간도 많았다. 어쨌든 '감히 누가 소림사에 잠입할 수 있겠는가?' 하는 자부심과 오만함으로 인해 평소 주변 경계를 강화하지 않았던 까닭에, 경내의 곳곳에는 개구멍이 나 있었고 또 은신할 만한 곳도 여럿 있었다.

그래서 수색은 지지부진 더뎠다. 게다가 날은 어두워졌고, 비는 더욱더 거세게 내리고 있었다. 이런 날씨라면 적이 담장을 넘어 도망치는 것도, 또 다른 적이 담장 안으로 잠입하는 것도 쉽게 눈치채지 못할 수가 있었다.

강만리는 잠시 생각하다가 고개를 끄덕이며 입을 열었다.

"어쨌든 놈들이 노리는 목적은 바로 우리니까요."

사람들은 그의 말이 무슨 뜻인지 이해하지 못한 얼굴로 쳐다보았다. 강만리는 계속해서 말을 이어 나갔다.

"바로 하산하겠습니다."

"안 되오!"

순간 혜광 대사가 반사적으로 소리쳤다.

사람들이 이번에는 혜광 대사의 말이 이해할 수 없다는 얼굴로 그를 돌아보았다.

혜광 대사는 한순간이나마 침착함을 잃은 자신이 쑥스러웠는지 가볍게 헛기침을 한 후 입을 열었다.

"귀하들은 본사의 귀빈이시오. 또한 본사와 화평장은 암묵의 동맹을 맺으려는 관계이오. 그런데 한갓 대여섯밖에 되지 않는 자들 탓에 귀하들을 내쫓다니, 그건 본사의 자존심이 허락하지 않는 일이오. 또한 본사의 체면이 뭐가 되겠소?"

화평장과 강만리를 못마땅하게 여기던 몇몇 스님들도 그 말에는 일리가 있다고 생각한 듯 고개를 끄덕였다.

그에 반대로 강만리는 내심 한숨을 내쉬었다.

'그놈의 알량한 자존심과 체면이라니.'

정파(正派)는 그게 문제였다.

물론 그들이 한데 묶일 수 있었던 건 부끄러운 짓을 하지 않고, 욕먹을 짓을 외면하며, 나쁜 행동을 죄스럽게 생각하는 자존심과 체면 덕분이기도 했다.

그런 짓들을 하면서까지 이익을 챙겨야 하나, 하는 자존심. 겨우 그런 일 따위로 무너뜨릴 수 없다는 체면. 그런 것들과 소위 말하는 정의와 대의가 한데 묶여서 그들을 정파라고 부르는 것이었으니까.

하지만 또 반대로 정파 사람들의 발목을 잡고 있는 것 역시 자존심과 체면이었다.

 체면 때문에 굽힐 때 굽히지 못하고, 자존심 때문에 물러서야 할 때 물러서지 못하는 것. 그 탓에 얼마나 많은 손해를 보고 또 인명 피해를 입었는지.

 강만리는 애써 부드러운 미소를 머금으며 혜광 대사에게 말했다.

 "이건 소림사의 자존심과 체면을 깎아내리는 게 아니라 외려 더 높이고 지켜 주는 방법이 될 겁니다."

 혜광 대사는 눈을 동그랗게 떴다.

 "그게 무슨 말씀이시오? 조금 더 쉽게 설명해 주실 수 없겠소?"

 "그러니까……."

 강만리는 말을 하려다 말고 문득 주위를 둘러보다가 화군악에게 눈짓을 보냈다.

 화군악은 그 눈짓의 의미를 파악한 듯 이내 고개를 끄덕이고는 불당 밖으로 나갔다. 장예추도 함께 따라나섰다.

 그들은 이름 없는 불당 주변을 빙 돌면서 인기척을 확인했다. 주변 이십여 장 안에서는 아무런 기척이 느껴지지 않았다.

 "내가 지키고 있을게."

장예추의 말에 화군악이 그의 어깨를 두드리며 말했다.
"미안하다."
"뭐가?"
"종리군, 그 녀석 때문에 다들 이렇게 곤란을 겪고 있잖아? 이 빗속에서 주위를 경계하겠다는 너도 그렇고."
장예추는 희미하게 웃었다.
"그건 종리군이라는 녀석이 미안해할 일이지, 네가 미안해할 일은 아닌 것 같은데."
"뭐, 그럴 수도."
화군악은 장예추를 향해 싱긋 웃어 보이고는 서둘러 불당 안으로 들어섰다.
"아무도 없습니다."
"좋아."
강만리는 그제야 자신들이 하산하는 게 왜 소림사의 체면을 살리고 자존심을 챙기는 일인지에 관해서 천천히 설명하기 시작했다.

* * *

"나무아미타불. 참으로 간악한 수법이로구나."
현정성승이 고개를 주억거리며 말했다.

"속에 열두 마리 구렁이가 있다는 말 정정해야겠다. 저 미련해 보이는 외모 속에는 열두 마리 구렁이와 아홉 마리 여우가 숨어 있는 것 같구나."

그렇게 말하는 노스님의 얼굴에는 질렸다는 기색이 역력해 보였다.

누구 하나 그의 말에 토를 달지 않았다. 그리고 약간의 시간이 흘러 방장 공허 대사가 입을 열었다.

"아무래도 사숙조 말씀이 옳으신 것 같습니다."

그러자 희창 스님이 고개를 갸웃거리며 물었다.

"강 대협 마음에 열두 마리 구렁이와 아홉 마리 여우가 산다는 그 말씀이요?"

"허허허. 그 말이 아니라."

공허 대사가 웃으며 말했다.

"비무대 앞에서 하신 말씀 말이다. 본사의 방침이 틀렸다고, 본사의 제자들이 경험이 일천하여 저 강호 무림의 삿된 계략에 쉽게 당한다는 말씀 말이다."

"아, 그거요?"

"강 시주의 이야기를 들으면 들을수록 우리가 너무 순진하고 순박하며 세상 물정 모른다는 생각이 들더구나. 아무리 무공이 강하다 해도 흉계와 암기와 함정과 독에 걸리면 결국 제대로 싸워 보지도 못하고 죽게 되는 세상인 게다. 그런 세상에서 오직 우리만이 홀로 고고한 척하고 있을 수만은 없다는 생각이 들었단다."

공허 대사의 말에 주변 장로들은 다들 비슷한 생각을 하고 있었던 듯 고개를 끄덕였다.

그중 한 장로가 입을 열었다.

"안 그래도 강 시주의 계획을 듣다가 그런 생각을 떠올렸소이다. 그 정도 되는 계략을 한순간에, 그것도 아무 거리낌 없이 만들기까지 얼마나 많은 경험을 쌓고 또 그런 과정을 겪었을까 하는 생각 말이외다."

"그러니 말이다."

현정성승이 말을 받았다.

"우리도 이번 일이 끝나는 대로 조금 더 개방적으로 바뀌는 게 나을 것이야."

"안 그래도 강 시주의 제안을 전향적으로 생각하는 중입니다."

공허 대사가 말했다.

일순 희창 스님이 그 어느 때보다도 강렬한 눈빛으로 공허 대사를 바라보며 물었다.

"그렇다면 드디어 경천회에 복수하는 겁니까?"

"아미타불."

공허 대사가 불호를 외우며 말했다.

"복수라는 단어가 불자(佛子)에게 어울리지는 않지만…… 그래, 지난 일들을 깨끗하게 정리하는 기회가 될 것이다. 바로 이 밤이 지나면 말이지."

공허 대사는 텅 빈 불당을 둘러보며 그렇게 말을 맺었다.

조금 전까지 소림사 스님들과 화평장 사람들로 가득 차 있던 이 이름 없는 불당에는 겨우 십여 명 남짓한, 방장 공허 대사와 장로들, 그리고 현정성승과 희창 스님만 남아 있었다.

그리고 그들은 쏟아지는 빗소리를 들으며 이날 밤, 그리고 내일 벌어질 일들에 대해서 생각하기 시작했다.

그게 복수든, 정리든, 혹은 피바람이든.

쏴아아아!

불당 밖으로 쏟아지는 빗줄기는 점점 더 굵어지고 있었다.

3. 함정일 가능성은

"으음. 암습이 실패할 줄은 꿈에도 몰랐습니다. 생각보다 담우천, 그자의 무공이 대단하더군요. 우리가 들어 왔던 사선행수 시절의 그자가 아닌 것 같았습니다."

"당연하지. 그게 언제 적 이야기인데? 지난 이삼십 년 동안 놀고먹기만 하지 않았을 테니까 당연히 무공이 늘

었겠지. 예전의 사선행수라고 생각했던 네가 잘못이라고."

"무슨 소리. 그렇게 말하기에는 절예, 너도 칠독우모침(七毒細雨針) 하나를 못 맞췄잖아?"

"그러니까. 나는 인정한다니까, 생각보다 훨씬 더 담우천이 강하다는 사실을 말이야."

"나도 인정했잖아? 예전의 그자가 아니라고. 그런데 뭐가 내 잘못이라고……."

"자, 그만하자."

"네, 조장."

"알겠습니다, 조장."

"이미 끝난 일을 두고 왈가왈부하는 것처럼 미련한 일이 없다. 그보다는 앞으로의 일에 대해 논의하는 게 훨씬 생산적이고 효율적이니까."

"그럼 이제 어찌하실 생각입니까? 놈들은 이미 경계 태세에 들어갔고, 암습은 더더욱 어려워졌는데 말입니다."

"굳이 놈들만 노릴 필요는 없지 않겠나? 그리고 경계를 허물고 방어진을 허무는 건 의외로 간단한 일이니까."

"역시 한바탕 소란을 피울 생각이신가요?"

"그래야겠지. 아까 보니까 소림사 어린 중들이 많더군. 그 아이들부터 해치우고, 여기저기 불을 지르면서 소란을 피우면 금세 허점이 드러날 거다."

"저기…… 낮에는 제게 쓸데없는 살육극은 벌이지 말라고 하지 않으셨습니까? 그런데 지금은 어린 땡중들부터 해치우는 겁니까?"

"상황이 바뀌었잖느냐? 그때는 한순간의 소란을 틈타서 최대한 빠르게 담우천과 무림오적을 암습하고 자리를 뜨는 게 최선이었지만 지금은 그게 아니잖느냐?"

"저 같으면 놈들의 경계니 방어니 뭐니 신경 쓰지 않고 곧바로 선풍과 질풍까지 동원하여 쳐들어가겠습니다. 우리 마흔다섯 명이라면 아무리 담우천이 예전의 담우천이 아니고, 무림오적 또한 우리가 생각했던 것보다 몇 배는 강하다 할지라도 반드시 몰살시킬 수 있다고 생각합니다."

"우리 측의 피해는?"

"네?"

"놈들을 몰살시키는 와중에 입게 될 아군의 피해는?"

"그, 그야……"

"비섬, 네 말대로 한다면 양패구상까지는 아니더라도 우리 또한 상당한 피해를 입게 될 게다. 무림오적은 그렇다 치더라도 어쨌든 소림사 중들도 가만있지 않을 테니까. 그렇게까지 하면서 놈들을 몰살시킬 필요가 어디 있겠느냐? 조금 더 간단하면서도 아군의 피해를 줄이며 놈들을 해치울 방법이 있는데 말이다."

"뭐, 그건…… 알겠습니다. 조장의 계획대로 움직입죠."

"그런데 선풍과 질풍은 뭘 하고 있나요? 그때 천불전 경내에도 모습을 드러내지 않았던데요."

"그들은 신경 쓰지 않아도 된다. 내가 따로 신호를 보낼 때까지 소림사 밖에서 대기하기로 되어 있으니까."

"치잇. 그러니까 결국 힘든 일은 우리가 다하고 그들은 알짜만 빼먹겠군요."

"그렇게만 생각하지 마라. 모든 싸움에서 선봉만큼 중요하고 그 가치를 인정받는 자리는 없으니까."

거기까지 말한 폭풍은 내심 길게 한숨을 내쉬었다.

'어째서 우리 아이들은 이렇게나 개성적인지 모르겠구나. 한 번이라도 네, 알겠습니다, 하면서 쉽게 대답하는 적이 없으니.'

듣기로는 질풍과 선풍의 아이들은 전혀 그렇지 않다고 했다. 그들은 각 조장을 하늘처럼 섬기고 그의 말에는 무조건 복종하며, 조장을 위해서는 목숨도 아끼지 않는다고 했다.

조장의 말에 꼬박꼬박 말대꾸하는 비섬이나, 조장 앞에서 눈을 치켜뜨며 싸우는 절예나, 조장이 무슨 말을 하든 늘 잠에 취해 있는 몽마, 그리고 언제나 굳게 입을 다물고 있는 사휴와는 전혀 다른 아이들이었다. 어떨 때는 그런 아이들을 데리고 있는 질풍이나 선풍이 부러울 때도 있었다.

'뭐, 다 내 업보(業報)겠지.'

그렇게 체념하듯 중얼거린 후 폭풍은 다시 입을 열었다.

"어쨌든……."

하지만 바로 그는 입을 다물었다. 아무렇게나 방만하게 자리를 잡고 있던 수하들도 황급히 자세를 고쳐 잡았다.

삐그덕, 문이 열리고 안으로 들어서는 사람들의 기척이 있는 탓이었다. 그들은 한참 자다가 불시에 일어난 듯 한껏 졸린 목소리로 투덜거렸다.

"이 한밤중에 무슨 일이래?"

"높으신 분들 이야기를 우리가 어찌 알겠누? 그저 시키는 대로 하면 되는 것이야."

"하지만 잠자던 사람을 깨워 가면서까지 음식을 준비하라니, 그렇게 급하면 식은 음식들로 허기를 때우면 될 게 아니냔 말이지, 내 말은."

"언뜻 듣기로는 그 화평장 사람들이 바로 이곳을 떠난다는 것 같더군."

일순 폭풍의 눈빛이 변했다. 그는 고개를 숙여 갈라진 나무판자 사이로 얼굴을 가까이 댔다.

폭풍조가 숨어 있는 아래쪽 공간에서는 대여섯 명의 불목하니들이 두런두런 대화를 나누며 빠르게 음식 장만을 하고 있었다.

"그놈들이 떠나는 걸 가만 놔둔대? 그놈들 때문에 우리 혜담 대사께서 목숨을 잃으셨잖아? 만약 놈들이 소림을 찾지 않았더라면 그 빌어먹을 개자식들도 이곳에 숨어들지 않았을 테고."

졸지에 빌어먹을 개자식 중의 한 명이 된 비섬의 눈가에 흉흉한 살기가 스며들었다. 폭풍은 그를 돌아보지도 않은 채 손을 저어 말렸다.

"뭐 어쩌겠어? 그 개자식들이 살해한 거지, 화평장 사람들이 죽인 건 아니니까. 자, 산채 볶은 건 이쪽 반합에 담게. 어쨌거나 소림을 찾아온 손님들이니 최선을 다해 대접해야 하니까. 아, 그 만두는 하나씩 따로 싸게."

"흠, 그럼 화평장 놈들이 떠나면 그 흉악한 살인마들도 떠나려나?"

"글쎄. 그건 아닐 것 같아. 화평장 사람들이 이곳을 떠난 걸 살인마들이 전혀 모를 테니까. 설령 내일 아침 눈치챈다 할지라도 이미 화평장 사람들은 숭산에서 수백 리 멀어져 있겠지."

"어쨌든 나는 이제 별 탈 없이 끝났으면 좋겠어. 사람 죽는 것도 싫고, 사람 죽이는 것도 싫으니까."

"그럼 어서 음식을 준비하라고. 우리가 음식을 빨리 장만할수록 화평장 사람들이 이곳을 떠나는 시간이 빨라질 테니까 말일세."

그자의 말에 다들 동의했는지 이후 불목하니들은 입을 꾹 다문 채 음식 준비에 여념이 있었다. 이윽고 그들은 십여 개의 반합에 음식을 가득 채운 후 그 반합들을 조심스럽게 보자기에 싸고서 주방을 빠져나갔다.

주변 기척을 살피고 인근 십여 장 근처에 사람이 없다는 걸 확인한 비섬이 폭풍을 향해 빠르게 말했다.

"놈들이 도망친답니다. 이제 어쩌죠? 지금이라도 당장 그 동자승들을 죽이고 소란을 피울까요?"

폭풍이 눈살을 찌푸렸다.

"굳이 그럴 필요가 어디 있느냐? 놈들이 소림사를 벗어나는 건 우리에게 큰 이익일 터, 왜 소림사에서 난동을 부리려 하느냐?"

"하지만 조금 전에는……."

"그때와 상황이 또 달라지지 않았느냐? 지금은 놈들이 소림사를 빠져나가기를 기다렸다가 밖에서 대기하고 있는 질풍과 선풍을 동원하여 놈들을 포위, 몰살시키는 게 최선의 방법이다. 굳이 소림사 땡중들이 끼어들 여지를 주지 않은 채 말이다."

"그런데 말이죠."

잠자코 있던 사휴가 불쑥 입을 열었다.

"만약 그게 놈들의 흉계라면 어쩌죠?"

"흉계라면 무슨?"

"그러니까 숨어 있는 우리를 끌어내기 위한 계책이라고나 할까요?"

"그러면 더더욱 좋고."

폭풍의 입가에 희미한 살기가 미소처럼 스며들었다.

"놈들은 우리 인원수와 무위를 제대로 파악하지 못하고 있다. 그런 와중에 우리를 끌어내어 일망타진하겠다는 계획이라니, 만약 놈들이 그런 속셈이라면 일부러 당해 주는 척하는 게다."

폭풍의 눈빛도 날이 잘 든 비수처럼 반짝였다.

"어쨌든 놈들은 선풍과 질풍의 존재를 모르고 있을 테니, 우리 삼풍(三風)이 힘을 합치면 얼마나 무섭고 두려운지 똑똑하게 가르쳐 주면 되는 게다."

조장의 말에 네 명의 수하들은 다들 고개를 끄덕였다. 평소 티격태격 싸우고 공을 두고 다투기도 하지만, 그들은 어디까지나 삼풍이라는 이름 아래 한 형제와 같았다.

각 조 열다섯, 삼조 마흔다섯의 정예라면 그 어떤 문파, 심지어 소림사나 무당과도 같은 거대 문파도 전혀 두렵지 않았다.

그게 이른바 과거 사선행자를 뛰어넘었다고 인정받는 삼풍조(三風組)였다.

"그럼 이제 이 냄새나는 천정에 숨어 있을 필요가 없겠군요. 밖으로 나가서 놈들이 소림사를 빠져나와 도주하는 것만 지켜보는 게 훨씬 낫겠습니다."

비섬의 말에 폭풍은 고개를 끄덕였다.

"그래야겠지. 동시에 질풍과 선풍에게 연락을 취해 보조를 맞춰 달라고도 해야겠지."

폭풍의 말에 사람들은 곧바로 자리에서 일어났다. 그리고 지붕의 기와 한두 점을 가볍게 움직여 옆으로 밀어내 지붕 밖으로 모습을 드러냈다.

쏴아아!

빗줄기가 격하게 내리치고 있었다. 기와에 떨어지는 빗물들은 콩 볶듯 요란한 소리를 냈다.

폭풍은 주변을 둘러보았다. 보이는 곳은 모두 어두웠고, 기척은 전혀 느껴지지 않았다. 저 멀리 구역을 나눠 등불들이 움직이는 게 보였다. 순찰조들인 모양이었다.

폭풍은 그 불빛들을 지켜보며 말했다.

"아이들에게 전하라. 모두 경내에서 벗어나 산문 쪽으로 이동하라고 말이다."

"그렇게 하겠습니다."

처음으로 비섬이 말대꾸를 하지 않았다. 대신 그는 지붕에서 훌쩍 뛰어내려 어둠 속으로 자취를 감췄다.

"우리도 빠져나가지."

폭풍은 그렇게 말하며 곧장 지붕을 박차고 밤하늘을 날

았다. 그 뒤를 따라 세 명의 수하도 일제히 허공을 날았다.

장대비가 춤을 출 정도로 세찬 바람이 휘몰아치는 가운데, 그들은 순식간에 서너 개의 불전과 불당을 뛰어넘으며 경내를 빠져나갔다.

그들이 날아가는 밑으로는 마침 그들의 행적을 수색하는 소림사의 스님들이 있었다.

하지만 날씨가 좋지 않은 데다가 폭풍들의 경공술이 워낙 뛰어나다 보니 그 누구도 제 머리 위로 날아가는 이들의 기척을 알아채는 이가 없었다.

그렇게 불과 몇 번의 도약만으로 무림의 태산북두라 알려진 소림사의 담벼락을 뛰어넘은 그들은 곧장 산문 밖으로 질주했다.

우거질 대로 우겨진 숲속이었다. 나뭇잎과 나뭇가지들이 이러저리 엉켜서 마치 우산이나 천막처럼 하늘을 가리고 있는 숲속이었다.

요란하게 퍼붓는 빗방울도, 호곡성(號哭聲)보다 매섭게 들려오는 바람 소리도 없는 공간, 바로 그곳에 질풍조와 선풍조 서른 명이 대기하고 있었다.

"무슨 일이지? 연락을 주기로 하지 않았나?"

아무런 연락도 없이 그 공간 안으로 들어선 폭풍조 사람들을 보고는 질풍이 마뜩잖다는 표정을 지으며 물었다.

"상황이 바뀌었다."

폭풍이 빠르게 상황을 설명했다. 선풍과 질풍은 팔짱을 낀 채 묵묵히 그의 이야기를 들었다. 그러던 와중에 뒤늦게 비섬과 열 명의 폭풍조원이 숲속으로 찾아 들어왔다.

선풍조 중 누군가가 비섬을 보고는 코웃음을 치며 중얼거렸다.

"물에 빠진 생쥐 꼴이로군그래."

비섬이 고개를 휙 돌리며 눈을 부라렸다. 그는 방금 자신을 향해 조롱한 자를 노려보며 한마디 하려 했다. 하지만 선풍의 입이 먼저 열렸다.

"사과해라, 자린(紫燐)."

자린이라 불린 자는 입술을 삐죽이더니 곧 비섬을 향해 고개를 숙이며 말했다.

"농담이 지나쳤다. 미안하다, 비섬."

상대가 이렇게 나오니 비섬 역시 더는 화를 낼 수가 없었다. 비섬은 그저 "흥!" 하고 코웃음을 치면서 고개를 돌렸다.

이윽고 폭풍의 설명이 끝나자 선풍이 물었다.

"함정일 가능성은?"

폭풍이 대답했다.

"삼 할."

"흠, 높군그래. 그렇다면 함정이겠군."

질풍이 무심한 표정으로 그렇게 말하자 선풍도 고개를 끄덕이며 말을 받았다.

"함정이라고 해 봤자, 기껏해야 혜자배 중들 몇 명 더 있을 뿐이겠지. 뭐, 상관없잖아? 모두 죽이면 되니까."

"그러니까."

폭풍이 말했다.

"우리 폭풍조가 무림오적 놈들이 도주하는 길목을 선점하고 있다가 공격을 감행하겠다. 선풍과 질풍은 그 뒤를 봐주기 바란다."

질풍과 선풍은 대답 없이 고개만 끄덕였다.

그것만으로도 충분했다. 이미 모든 계획이 끝난 것이었다.

그들이 손발을 맞춘 지는 벌써 이십 년 정도, 폭풍의 간단한 말만으로도 그들은 자신들이 해야 할 역할과 임무 등을 파악할 수가 있었다.

또 그게 삼풍조였다.

3장.
삼풍(三風)

하지만 지금은 그런 대혼란(大混亂)의 시대(時代)가 아니었다.
아이들이 수백 명씩 한꺼번에 사라지게 되면
당연히 의아해하고 수상쩍게 여기는 사람들이 있을 것이고,
결국에는 그 꼬리가 밟히게 될 터였다.
사람의 오지랖이라는 건 생각보다 넓고, 또 강한 법이었으니까.

삼풍(三風)

1. 제이의 사선행자

"이거, 쉽게 놈들을 찾지 못하겠는데?"
화군악이 힐끗 밖을 바라보며 중얼거렸다.
날은 새까맣게 어두운 가운데, 폭풍우처럼 거친 빗줄기가 강풍에 휘몰아치고 있었다. 스님들이 눈 감고도 돌아다닐 수 있다는 소림사 경내였지만 이런 날씨에서는 적의 기척을 감지하고 확인하기가 매우 어려웠다.
"하지만 이상하잖아요? 놈들도 이곳 스님들처럼 머리를 빡빡 밀지는 않았을 테고, 외모만으로도 충분히 식별할 수 있을 텐데 왜 쉽게 찾지 못하는 걸까요?"
소자양이 묻자 화군악은 미처 그 생각을 하지 못했다는

듯이 움찔거렸다.

'그렇구나. 애당초 놈들은 머리를 기르고 있었지?'

화군악은 문득 낮의 상황을 떠올렸다.

비무대를 향해 순식간에 수백 발의 암기를 쏘아 댄 자들의 수는 모두 다섯, 그들 모두 두건을 깊게 눌러써서 머리와 얼굴을 가리고 있었다.

당시만 하더라도 그 두건을 비를 피하기 위한 수단이라고 생각했었는데, 그게 아니었다. 만약 놈들의 두건을 벗긴다면 그 속에서 치렁치렁하게 기른 머리카락이 드러날 게 분명했다.

화군악은 자신이 그 생각을 깜빡 잊고 있었다는 사실을 감추려는 듯 태연하게 입을 열었다.

"그 정도로 놈들의 은잠술이 뛰어나다는 뜻이겠지. 가령 담 형님의 경우에는 상대의 곁을 지나치면서도 상대가 절대 형님의 기척을 눈치챌 수 없게 만드는 은잠술을 지니고 계시거든. 모르기는 몰라도 아마 놈들 역시 그와 비슷한 은잠술을 갖고 있을 거다."

"그렇다고 해서 아직까지 놈들이 경내 어느 곳에서도 발견되지 않는 건 확실히 이상한 일이지."

침상에 누워 있던 강만리가 벌떡 일어나 앉으며 말했다.

"아무래도 놈들은 아주 단순하지만, 그래서 사람들이

쉽게 떠올리지 못하는 곳에 숨어 있을 게다."

"그게 어딘데요?"

"생각해 봐라. 이 소림사에서 놈들처럼 머리를 기르고 다녀도 전혀 수상하게 생각하지 않는 사람들이 누구더냐?"

"아! 불목하니들이요?"

소자양이 깨달았다는 듯이 소리쳤다.

불목하니는 사찰에서 허드렛일을 담당하는 자들을 가리켰다. 그들은 주로 주방에서 음식을 만들거나 경내를 청소하거나 물을 길고 나무를 해 오거나 하는 등등의 잡일을 도맡아 했다.

그리고 그런 불목하니들은 소림사 외전(外殿)의 객방에서 지내거나, 숭산 아랫마을에 자리를 잡고 소림사를 출입하기도 했다. 만약 정체불명의 암습자들이 지금 어딘가에 숨어 있다면 그 외전 객방일 가능성이 가장 농후했다.

"거기만 있는 게 아니다."

강만리는 계속해서 설명을 이어 나갔다.

"주로 불목하니들이 출입하는 곳, 그러니까 주방 천장이나 창고 천장, 그런 곳에 숨어 있을 수도 있겠지."

"그럼 얼른 소림사 사람들에게 이야기해서 그곳부터 확인하라고 해야 하지 않겠습니까?"

소자양의 다급한 물음에 강만리는 고개를 저었다.

"아니. 그럴 수는 없다."

"왜, 왜죠?"

소자양이 이해할 수 없다는 듯 눈을 동그랗게 뜨며 물었다. 강만리는 엉덩이를 긁적이며 대답했다.

"그랬다가는 진짜 난리가 날 테니까."

"난리요?"

"그래. 만약 놈들이 숨어 있는 장소를 발견했다고 치자. 그래서 놈들을 사로잡으려거나 죽이려 한다고 하자. 그렇다면 과연 놈들이 가만히 있을까?"

"그, 그야……."

"죽기 살기로 싸우겠지. 어쩌면 불목하니들, 또 어쩌면 소림사의 하급 제자들을 인질로 삼고 그들의 목숨을 담보로 위협할 수도 있겠지. 과연 이 소림사의 인정 많으신 스님들께서 그들의 목숨을 아랑곳하지 않은 채 놈들을 죽이려 들까? 나는 절대 그리하지 못할 거라고 보는데 말이다."

"저도 그렇게 하지 못할 거라고 생각합니다."

가만히 앉아 있던 장예추가 말했다. 사람들이 그를 돌아보았다. 장예추는 과거 일을 회상하듯 창밖 먼 곳을 응시하며 말을 이었다.

"예전에도 그랬으니까요. 놈들이 희창을 인질로 삼고

위협했을 때, 현오성승께서는 한 치의 망설임도 없이 자신의 안위와 희창의 목숨을 바꾸셨으니까요. 그러니 지금도 마찬가지일 겁니다."

"으음."

"아아."

답답하다는 듯, 혹은 놀랍다는 듯한 신음들이 곳곳에서 들려왔다.

화군악이 투덜거렸다.

"그렇다면 뭐야? 놈들이 어디 숨어 있을지 대충 짐작이 가는데도 마냥 이대로 있어야 한다는 건가?"

"그건 아니다."

강만리가 말했다.

"놈들을 밖으로 끌어내면 된다. 그 누구도 인질로 삼지 못하도록 말이다."

"어떻게요?"

"놈들은 아마도 종리군이나 천예무가 보낸 살수들일 게다. 낮의 짧은 상황만으로도 놈들의 실력이 절대 만만치 않다는 걸 확인할 수 있었지. 결코 평범한 놈들이 아닌 게지."

강만리의 말에 담우천이 미미하게 고개를 끄덕이며 말을 받았다.

"대략 이십 대 후반에서 삼십 대 초반 사이의 남녀들이다."

"남녀요?"

일순 화군악의 눈이 휘둥그레졌다.

그 또한 적들의 수까지는 확인했지만 그중 여인이 있었다는 사실은 전혀 눈치채지 못했던 것이었다.

"그래. 아마도 세우침을 던졌던 자일 게다. 언뜻 보았을 때 그 손매가 하얗고 가늘며 긴 것이, 확실히 계집의 손이 분명했으니까."

"호오. 거기까지 보셨네요. 그 짧고 황망한 순간에 말입니다."

화군악이 감탄했지만 담우천은 당연하다는 투로 대꾸했다.

"암습자가 누구인지 확인하는 건 기본이니까."

"아, 네. 그렇습니까? 그럼 저는 기본도……."

"어쨌든."

강만리가 손뼉을 쳐서 화군악의 말을 자르며 주위를 환기했다. 다시 사람들의 시선에 그에게로 향했다.

강만리는 계속해서 말을 이어 나갔다.

"대충 그들의 무위나 암기술, 은잠술들로 추측해 보건대 어쩌면 오대가문이나 천예무가 과거 사선행자들을 생각해서 만들어 낸, 그보다 훨씬 더 강하고 충성스러운 살인 병기들인지도 모른다."

"사선행자를요?"

"흐음."

사람들의 얼굴이 심각해졌다.

불가능한 이야기는 아니었다. 비록 사선행자는 오대가문으로부터 토사구팽을 당해 사라졌지만, 그들을 키워 낸 전력(前歷)은 그대로 간직하고 있었다.

그러니 그 전력을 토대로, 그보다 더 빠른 시간 내에 더 강력한 '제이의 사선행자'를 키워 내는 건 불가능한 일이 아니었다.

특히 천하를 집어삼키겠다는 야욕을 가진 천예무라면 더더욱 가능성이 있는 이야기였다.

그리하여 한 손에는 강시를, 다른 한 손에는 제이의 사선행자를 든 채 경천회의 뒤에 숨어서 적대 세력과 인물들을 제거해 나간다면……

"그럴 수도 있겠군."

담우천이 문득 고개를 끄덕이며 말했다.

"안 그래도 그들에게서 예전의 내 동료들 냄새가 나기는 했었다."

"흐음. 그렇다면 역시 놈들은 제이의 사선행자라고 봐도 무방하겠군요."

화군악의 말에 강만리가 경계하듯 말을 받았다.

"어디까지나 그럴 가능성이 있다는 추론에 불과하다. 확신을 하기에는 너무나도 단서가 부족하니까. 어쨌든 우선은 그럴 가능성에 기대 보자는 것뿐이다."

말을 마친 강만리는 다시 담우천을 돌아보며 물었다.

"당시 사선행자는 어떤 조직이었습니까? 인원수는 어떻게 되고, 또 어떤 방식으로 운영되었는지도 궁금합니다."

담우천은 잠시 기억을 더듬었다. 그러고는 지금보다 조금 더 가라앉은 목소리로 이야기했다.

"사선행자는 크게 세 직급으로 나뉜다. 모든 행자를 거느리고 주관하는 행수가 한 명. 그 밑으로 부행수(副行帥)라고도 할 수 있고 선주(線主)라고 할 수 있는 자들이 열 명, 그리고 다시 그 밑으로는 각각 열 명의 행자(行者)가 있다."

담우천의 두 번째 부인인 나찰염요, 만월망량(滿月魍魎), 이매청풍(魑魅淸風), 무투광자(武鬪狂子)들이 바로 각각 열 명의 행자를 거느리고 임무를 수행하던 부행수, 혹은 선주라 불리는 이들이었다.

담우천의 설명을 들은 강만리는 엉덩이에서 손을 떼지 않은 채 고개를 주억거리며 말했다.

"흠, 그렇다면 역시 이번 놈들도 대충 그런 체계로 꾸며져 있겠군요. 그리고 그런 의미에서 보자면 천불전 경내에 잠입하여 암습하고자 했던 자들은 일개 행자가 아니라 최소한 부행수급이라 볼 수 있겠네요."

"그중 한 명은 행수급일 것이다."

담우천의 말에 사람들은 물론 강만리조차 깜짝 놀라는 표정을 지었다.

"으음. 역시 그렇군요. 혜담 대사를 암살한 자, 바로 그 자가 행수급 무위를 지닌 모양이군요."

강만리는 신음을 흘리며 말했다.

"그렇다.

담우천이 고개를 끄덕이며 말했다.

"놈의 암살 실력은 확실히 사선행자 시절의 나보다 더 뛰어난 것 같았다."

아닌 게 아니라 혜담 대사를 암살했다는 건 실로 충격적인 일이기는 했다.

비록 당시 혜담 대사가 담우천의 일격으로 중심을 잃고 모든 무공이 파훼된 상태였다고는 하지만, 그래도 혜담 대사는 소림사 제자들의 총교두였고 천불전주였으며 소림구천룡 중의 한 명이자 차기 장문인 후보 중 한 명이기도 했다.

무위만으로 치자면 당금 최고의 고수라고 할 수 있는 무림십왕에 견주어도 전혀 손색이 없는 거물이었다.

그런 고승을, 그가 처한 상황에 상관없이 오직 한 발의 암기만으로 죽인다는 건 확실히 쉽게 믿을 수 없는 일이었다.

그래서 그 암기가 혜담 대사의 몸에서 나올 때까지는

소림사 고승들 또한 대부분 담우천을 의심하지 않았던가.

"만약 그들이 행수나 부행수급 인물들이라면 분명 그들을 따르는 행자들도 있을 겁니다."

강만리가 말했다.

"과거의 사선행자 같은 경우에는 백 명이 넘는 인원으로 결성되었지만, 아무래도 지금은 그 절반 정도라고 봐도 무방할 겁니다. 당시는 워낙 혼란한 시대라 고아나 또 돈에 팔려 나가는 아이들이 많아도 이상하게 생각하지 않았지만 어쨌든 지금은 조금 다르니까요."

제대로 된 사선행자를 키워 내기 위해서는 어린 시절, 뼈가 굳고 근육이 형성되기 이전인 서너 살 무렵 때부터 수련하게 만들어야 했다.

물론 그런 나이 또래의 어린아이는 쉽게 구할 수 없었다. 고아나 돈을 주고 사지 않는 한 수백, 수천 명의 아이를 모은다는 건 거의 불가능한 일이었다.

혼란의 시대에는 사실 그게 가능했다. 제 목숨줄 연명하기도 힘든 시절에는 그런 꼬마들의 안위까지 신경을 쓸 여력이 없었으니까.

하지만 지금은 그런 대혼란(大混亂)의 시대(時代)가 아니었다. 아이들이 수백 명씩 한꺼번에 사라지게 되면 당연히 의아해하고 수상쩍게 여기는 사람들이 있을 것이고, 결국에는 그 꼬리가 밝히게 될 터였다. 사람의 오지

랊이라는 건 생각보다 넓고, 또 강한 법이었으니까.

그러니 당시 사선행자들보다 규모가 크지 않을 거라는, 아무리 많이 잡아도 절반은 넘지 않을 거라는 강만리의 추측은 매우 사리에 맞고 타당했다.

"어쩌면 제이의 사선행자는 양(量)보다는 질(質)을 높이고자 했을 겁니다. 그런 의미에서 총규모는 절반 정도이겠지만 부행수급 인원은 외려 더 많을 것이고, 모든 조직원의 무력 또한 당시보다 뛰어날 게 분명합니다."

그게 강만리가 내린 '제이의 사선행자'들에 관한 결론이었다.

2. 포위

강만리는 자신에 세운 추론을 바탕으로 계속해서 말을 이어 나갔다.

"이곳이 소림사이고, 또 무림오적을 상대하고자 하는 이상 아마 놈들은 모두 동원되었을 게 분명합니다. 즉, 천불전 경내에 잠입했던 다섯 명이 전부가 아니라는 뜻이죠. 그러니 그들이 숨어 있는 것을 찾아내서 잡는다고 해도 일이 끝나는 게 아닙니다."

강만리의 이야기는 어느새 다시 처음으로 돌아가 있었다.

"놈들을 소림사 밖으로 끌어내는 건 매우 간단한 일입니다. 우리가 이곳을 떠난다는 사실을 놈들에게 귀띔해 주면 되니까요."

"그런데 놈들에게는 어떻게 귀띔해 주죠?"

소자양의 물음에 화군악이 당연하다는 듯이 대꾸했다.

"그야 대충 놈들이 숨어 있을 법한 곳에 사람들을 풀어서 그들의 대화를 엿듣게 하면 되지. 가령 야식이나 도주할 때 먹을 음식을 준비하라고 한다면 주방 사람들이 투덜거리며 대화를 나눌 게 아니겠냐? 그리고 만약 때마침 놈들이 주방 천장에 숨어 있다면……."

"아, 그렇군요!"

소자양은 그제야 궁금증이 풀렸다는 듯히 활짝 갠 표정으로 고개를 끄덕였다.

제 제자의 의문이 풀릴 때까지 가만히 기다리고 있었던 강만리가 그제야 다시 입을 열었다.

"그럼 우리도 만반의 준비를 해야 할 것 같습니다. 어쨌든 저들은 제이의 사선행자들이니까요."

제이의 사선행자라는 표현이 마음에 들지 않았던 것일까. 문득 담우천이 무뚝뚝한 목소리로 말했다.

"제이의 사선행자는 없다."

강만리가 입을 다물고 그를 돌아보았다. 담우천은 여전히 무심한 표정으로 말을 이었다.

"내가 행수라는 직책을 버린 이후 사선행자 또한 더 이상 존재하지 않는다."
"으음. 뭐 그렇기는 합니다만."
강만리는 뭔가 말을 덧붙이려다가 이내 화제를 돌렸다.
"어쨌든 이번 계획은 이렇습니다."
강만리는 곧장 자신이 생각한 계획에 관해서 설명했다. 담우천은 말없이 듣고 있었지만 화군악과 장예추는 가끔 자신들의 의견을 내세우기도 하였다.
소자양과 담호는 여전히 하나라도 더 배우겠다는 일념으로 눈빛을 반짝이며 그들의 대화를 지켜 들었다.
한편 만해거사와 조재건은 각자 짐을 풀어 뭔가 정리하고 있었는데, 그들의 눈빛 또한 진중하기 그지없었다.
이윽고 이런저런 조정 끝에 계획이 수립된 후 강만리는 장예추와 담우천을 돌아보며 말했다.
"형님, 그리고 예추야."
"말하게."
"네, 형님."
"두 분은 가서 우리 계획을 소림사 방장께 전해 드리세요. 아울러 우리가 따로 뵙지 못하고 떠나게 됨을 용서하시라고도 전하고요."
"알겠네."

"알겠습니다."

곧바로 담우천과 장예추은 자리에서 일어나 방을 빠져나갔다.

그들의 기척이 쏟아지는 폭우 저편으로 사라지는 걸 확인한 화군악은 뭔가 즐겁다는 표정을 지으며 말했다.

"과연 원조 사선행수가 강할지, 제이의 사선행수가 강할지 기대되는군그래."

강만리가 혀를 찼다.

"형님 앞에서 그런 소리 하면 안 된다."

"알죠. 그러니까 담 형님이 안 계실 때 이렇게 떠드는 거죠. 어쨌든 그건 그렇고, 놈들을 해치우고 나서는 또 어쩌실 작정입니까? 악양으로 가실 겁니까? 아니면……."

"무당으로 갈 거다."

"네?"

화군악이 움찔거렸다. 강만리는 당연하다는 얼굴로 그를 바라보며 말을 이었다.

"어라? 전에 이야기한 것 같은데. 무당파 사람들을 만나 이곳에서 했던 대로 협조를 구한 다음 다시 사천당문으로 가겠다고 말이다."

"그런 소리 들은 적이 없는데요? 전혀 기억이 나지 않는데요?"

화군악은 그렇게 끝까지 잡아뗐다. 강만리는 고개를 갸

웃거렸다.

"이상하다. 분명 담 형님과 너와 함께 그런 이야기를 나눈 기억이 있는데 말이지. 뭐 없었다면 지금 말하지. 무당파, 그리고 사천당문까지 계획 중이다. 그 이후의 일은 그때 상황을 봐서 결정하기로 하고."

화군악은 울상이 되었다.

사실 그는 똑똑하게 기억하고 있었다. 소림사 방장을 만나고 돌아오는 길에 강만리, 담우천과 나눴던 대화 중에 무당파를 방문한다는 이야기가 있었고, 그때도 화군악은 끝까지 뻗대다가 결국 두 사람의 강권에 어쩔 수 없이 수락하고 말았다.

'쳇. 결국 그 호랑이 같은 장인어른을 만나야 하는 건가?'

화군악은 내심 한숨을 쉬며 짐을 꾸렸다.

담우천과 장예추가 돌아왔다.

잠시 후 혜주 대사와 몇몇 스님들이 주방에서 새로 만든 음식을 담은 반합들을 가지고 그들을 찾아왔다. 혜주 대사는 이미 강만리의 계획은 전해 들은 듯 낮은 목소리로 소곤거리듯 당부했다.

"부디 조심하십시오."

"감사합니다."

강만리가 두 손을 모았다.

이윽고 강만리 일행은 혜주 대사들의 안내를 받으며 소림사 경내를 지나쳐 정문 밖으로 걸어 나왔다.

"멀리 가지 않습니다."

"비도 쏟아지는데 어서 들어가십시오."

사람들은 마지막 인사를 나눈 후 곧바로 헤어졌다.

강만리 일행은 소림사 측에서 마련해 준 커다란 삿갓과 우의를 쓴 채 빠른 걸음으로 산길을 탔다.

사방은 칠흑처럼 어두웠다. 달빛이나 별빛 한 점 없는 밤이었다.

바로 머리 위까지 내려앉은 밤하늘에서는 쉬지 않고 거센 빗줄기가 쏟아졌다. 바람은 귀신의 울음처럼 흐느끼기도 했고, 맹수의 울부짖음처럼 요란한 소리를 내기도 했다.

그 바람에 삿갓 안쪽으로 들이닥친 빗물이 사람들의 시야를 어지럽혔다.

"조심해요, 형님. 상당히 미끄럽습니다."

담호는 앞서 걷던 소자양에게 말을 걸었다.

사실 어지간한 고수라면 아무리 폭우가 쏟아진다고 하더라도 산비탈을 내려가다가 미끄러질 리가 없었다. 그리고 강만리 일행 중에는 고수 아닌 자가 없었다, 물론 소자양만 제외한다면.

"괜찮아. 조심하고 있으니까."

소자양은 뒤를 돌아보며 싱긋 웃었다. 하지만 바로 그 순간, 소자양은 잘못 밟은 돌멩이에 미끄러져서 하마터면 뒤로 나동그라질 뻔했다.

담호가 황급히 손을 뻗어 그를 부축했다. 소자양이 머쓱한 표정을 지었다.

"고맙다, 담호."

"별말씀을요."

담호는 곧 소자양의 곁에 나란히 서서 산비탈을 내려가기 시작했다.

얼마나 시간이 흘렀을까.

그들이 산 중턱에 이를 때였다. 울울창창한 나무들이 빽빽한 숲을 향해 들어서던 담우천이 우뚝 걸음을 멈췄다.

뒤따르던 강만리와 화군악도 그를 따라 제자리에 서며 주위를 둘러보았다.

어느새 그들은 누군가에 의해 포위당한 상태였다. 전혀 눈치채지 못하는 동안, 전혀 기척을 느끼지 못한 채로.

"휘이. 형님 말씀이 맞았네요. 정말 소름 끼칠 정도로 정확한 추측이셨습니다."

화군악이 낮은 휘파람을 불며 중얼거렸다. 강만리는 진지한 얼굴로 주위의 기척을 확인하며 고개를 끄덕였다.

"나도 내 추측에 놀라는 중이다."

"그러니까요. 확실히 예전 사선행자 규모의 절반 정도가 모여들었네요."

화군악의 말대로였다.

지금 그들이 걸음을 멈춘 숲속, 아름드리나무들이 빼곡하게 들어선 그 일대에는 약 사오십 명가량 되는 기척이 매섭게 쏟아지는 빗줄기 사이로 희미하게 감지되고 있었다.

만약 그 기척들이 제이의 사선행자 전원이라면 강만리의 추론은 믿어지지 않을 정도로 정확하게 맞아떨어지는 것이었다.

문득 담우천이 숲 한쪽으로 고개를 돌리며 무심한 눈빛으로 가만히 지켜보았다. 그 모습을 확인한 강만리가 낮고 묵직한 목소리로 말했다.

"일부러 기척을 드러내는 걸 보니 암습의 의지는 없는 것 같군."

마치 강만리의 말에 대답이라도 하듯이 때마침 세찬 바람이 우우웅! 소리를 내며 들이닥쳤다.

강만리는 개의치 않고 계속해서 말을 이어 나갔다.

"암습을 할 생각이 없다면 밖으로 나와서 얼굴이라도 비추지그래? 싸울 때는 싸우더라도 통성명 정도는 해야 할 것 아닌가? 그래야 죽어 염라대왕 앞에 가서라도 누가 그대들을 죽였는지 고할 게 아니겠는가?"

다시 한 차례 더 바람이 휘몰아치고 지나갔다.

여전히 숲 안쪽에서 들려오는 대답은 없었지만 그래도 강만리의 말에 살짝 심기가 뒤틀렸을까. 숲을 가득 메우고 있는 살기가 확실히 짙어졌다.

할 말을 마친 강만리는 팔짱을 낀 채 잠자코 기다렸다. 그리고 얼마 지나지 않아, 숲 저편에서 한 줄기 메마른 목소리가 또렷하게 흘러나왔다.

"짧은 세 치 혀로 사람을 현혹시키려는 멧돼지의 이름이 강만리. 그 앞에 우뚝 선 자가 담우천, 멧돼지 뒤에 서 있는 두 명의 잘생긴 친구들이 화군악, 그리고 장예추. 이 정도면 굳이 통성명을 할 필요가 없지 않을까 싶은데."

강만리의 등 뒤에서 화군악의 이죽거리는 소리가 들려왔다.

"멧돼지와 잘생긴 친구라니, 정말 사람 제대로 볼 줄 아는 친구네."

강만리는 한숨을 쉬며 입을 열었다.

"확실히 그대들은 누가 그대들을 염라대왕 앞으로 보냈는지 잘 알겠군그래. 하지만 우리는 다르잖나? 만에 하나, 아니, 십만에 하나 혹시라도 우리 중 한 명이 염라대왕 앞에 간다면 누가 보냈는지 정도는 알고 있어야 하지 않을까?"

"삼풍(三風)."

폭풍우를 뚫고 들려오는 대답은 간결 명료했다.

'삼풍이라…… 그렇다면 동등한 힘과 권력을 지닌 세 개의 조직이 있어서 각각 풍(風)이라는 이름을 사용하고 있겠군그래.'

강만리의 머리가 빠르게 돌아갔다.

'일반적으로 풍이라는 글자가 들어간 단어라면 역시 질풍(疾風), 폭풍(暴風), 선풍(旋風), 표풍(飄風), 용권풍(龍捲風), 뭐 이 중에서 세 개겠고. 그렇다면 다른 조직과의 연관성에 따라 세 글자는 탈락, 비슷한 의미의 선풍과 표풍 중 하나는 탈락…… 질풍, 폭풍, 그리고 선풍과 표풍 중 하나일 터.'

풍이라는 글자가 들어간 단어는 제법 많았다. 북풍(北風)도 그렇고, 한풍(寒風)도 있었으며 열풍(熱風)도, 미풍(微風)도, 청풍(淸風)이나 흑풍(黑風)이라는 단어도 있었다.

그 많은 단어 중에서 강만리가 굳이 질풍과 폭풍을 손꼽은 이유는 뻔했다.

일반적으로 강호무림인들은 무식하고 단순했으며, 대부분 이름에서 주어지는 강렬하고 압도적인 분위기를 선호했으니까. 미풍이나 청풍이니 하는 것들은 그 강렬한 형상과 어울리지 않았으니까.

특히 암살과 특공의 임무를 띤 조직이라면 더더욱 그 조직의 파괴적인 무력을 짐작하게 할 이름을 사용할 테니까.

강만리의 예리한 추측은 계속 이어졌다.

'지금 모인 자들의 수가 대략 오십 명이 채 안 되니, 일개 조에는 열다섯 명에서 열여섯 명 정도가 있겠구나. 그들의 조직 구성이 사선행자의 그것을 따른다면…… 한 명의 조장과 네다섯 명의 부조장, 그리고 열 명의 조직원, 이런 식으로 구성되어 있겠고.'

거기까지 빠르게 생각을 정리한 강만리는 목소리가 들려오는 숲 쪽을 바라보며 천천히 입을 열었다.

"삼풍이라고 했나? 그렇다면 이번 행사의 우두머리는 폭풍인가? 아니면 질풍인가?"

일순 숲속 바람이 출렁였고 공기가 들썩거렸다. 허를 찔린 기색이 완연하게 숲 전체에 퍼졌다. 내심 '헉!' 하고 놀라는 그들의 모습이 시야에 들어오는 것만 같았다.

강만리는 어깨를 으쓱거리며 말을 이어 나갔다.

"낮에 혜담 대사를 암습한 자가 과연 조직의 우두머리일지 궁금하군그래. 모르기는 몰라도 그가 이번 행사의 주최자일 것 같은데 말이지."

잠시 침묵하고 있던 숲속의 사내가 다시 천천히 입을

열었다.

"우리를 아는가?"

'역시!'

강만리는 회심의 미소를 감춘 채 고개를 끄덕이며 말했다.

"알다마다. 과거 사선행자를 존경하고 그들의 업적을 기려서 새로 만든 제이의 사선행자들이 아닌가? 선배들을 추종하고 따르고자 하는, 하지만 결국에는 선배들처럼 토사구팽을 당하게 될 운명에 처한 자들 말이네."

강만리는 그렇게 말하며 속으로 담우천에게 사과했다.

'미안합니다, 담 형님. 제이의 사선행자 운운하지 말라고 하셨는데, 이번만큼은 어쩔 수가 없습니다.'

담우천 또한 그런 사정을 모를 리가 없기에 그는 한 치의 미동도 없는 채 오로지 숲 한쪽 구석진 자리의 아름드리나무를 노려보듯 쳐다보고 있었다.

3. 환몽검형(幻夢劍形)

가느다란 나뭇가지 위에 우뚝 서 있던 폭풍은 까무러치듯 놀랐다.

놀란 건 그뿐만이 아니었다. 그의 옆자리에 함께 표표

히 서 있던 일남일녀(一男一女) 역시 도저히 믿을 수 없다는 눈빛으로 서로를 돌아보았다.

"어떻게 우리를 알고 있지?"

사내, 질풍이 놀란 듯 물었다. 여인, 선풍도 눈을 동그랗게 뜨며 말을 받았다.

"그러니까. 우리 존재를 알고 있다는 그 자체도 놀라운데, 어떻게 정확하게 폭풍과 질풍의 이름을 대는 거지? 칫, 그 와중에 내 이름은 또 빼먹고 말이야. 여기서도 차별을 받네, 진짜."

"차별이라니, 그게 중요한 게 아니잖은가? 지금 상황이라면 누군가 우리 존재를 강만리에게 넘긴 자가 있을지 모른다는 점에 주목해야 하지 않겠나?"

"글쎄. 굳이 따지자면 역시 종리 총사이겠지. 어쨌든 최근에 저들과 접촉한 사람은 종리 총사뿐이니까."

선풍의 말에 질풍은 물론 폭풍 또한 고개를 끄덕였다. 충분히 일리가 있는 말이었다.

선풍은 가늘고 고운 눈썹을 찌푸리며 말을 이었다.

"우리 존재를 미리 알고 있었다면 그 대비책도 단단히 세웠을 터, 아무래도 예감이 좋지 않은데?"

"훗. 그래 봤자 소림사 땡중들을 어딘가에 숨겨 놓은 게 전부이지 않겠나? 이십여 장 내로는 아무런 기척도 느껴지지 않는 걸 보면 약간의 시간 차이를 두고 쫓아오게 했을 가능성이 크겠군그래."

"그렇다면 바로 시작하는 게 낫겠어. 어떻게 생각해, 폭풍? 역시 바로 시작해야 하지 않을까, 괜히 말 섞지 말고. 물론 오늘 밤의 수좌(首座)는 폭풍이니만큼 어떤 지시를 내리든 따르기는 하겠지만."

여인의 말에 폭풍은 가볍게 입술을 깨물었다.

아주 오래간만에 삼풍 전체가 모인 자리였다. 지금 삼풍의 지휘권을 가진 폭풍에게는 한없이 중요한 자리이기도 했다.

이른바 호적수(好敵手)라 할 수 있는 다른 두 조의 조장에게 그들을 압도할 수 있는 능력을 보여 주느냐, 그렇지 못하느냐의 차이는 매우 컸다.

하지만 처음부터 왠지 모르게 지고 들어가는 기분이 드는 건 어쩔 도리가 없었다.

지금도 마찬가지였다. 비록 어떤 지시를 내리든 상관없이 따르겠다고 말은 하고 있었지만, 애당초 그런 말 자체가 폭풍의 심기를 건드리고 있었다.

게다가 조언이라고 해 주는 말들 역시 폭풍에게는 괜한 압박과 지시로 들려왔다.

그렇다고 어쭙잖은 객기나 자존심 때문에 상황을 그르칠 정도로 어리석은 폭풍은 아니었다. 그는 살짝 망설이는가 싶더니 이내 고개를 끄덕이며 말했다.

"그렇게 하지. 놈들을 죽이기로 한 이상 그들과 더 대화를 주고받을 이유는 없으니까. 그럼 바로 시작하자."

폭풍의 말에 질풍과 선풍이 고개를 끄덕였다. 그러고는 동시에 길게 휘파람을 불어 각자의 조원들에게 지시를 내렸다.

순간 아무것도 보이지 않던 숲속에서 수십 개의 신형이 모습을 드러내는가 싶더니, 이내 수백 발의 암기가 강만리 일행을 향해 날아들었다.

"조심해라!"

담우천의 낮은 목소리가 폭우를 뚫고 퍼져 나갔다.

동시에 담우천과 강만리는 아름드리나무를 향해 검을 휘두르고 쌍장을 휘갈겼다.

허공을 반으로 가른 담우천의 거궐에서는 초승달 모양의 새하얀 검기가 발출되었고, 강만리의 두 손에서는 황금빛 광채가 은은한 장력이 뿜어져 나갔다.

콰콰콰콰!

마치 봇물이 터진 것처럼 요란한 굉음과 함께 그들의 일격은 주변 모든 것을 꿰뚫은 채 수십 장 밖의 나무를 향해 폭사했다.

쏟아지던 빗줄기가 튕겨 나가고 날아들던 암기들이 박살 나는 가운데, 새하얀 검기는 순식간에 이삼십 장 거리를 격하고 날아들어 정확하게 폭풍의 목을 그었다.

동시에 강만리의 쌍장은 요란한 파공성과 함께 질풍과 선풍을 덮쳤다. 그야말로 눈 깜짝할 사이에 벌어진 일이었다.
　콰쾅!
　천둥이라도 친 것과 같은 요란한 굉음이 터졌다. 강만리의 쌍장에 격중을 당한 아름드리나무가 마치 번개라도 맞은 듯 쩌억 갈라지고 무너져 내렸다.
　하지만 그 자리에는 이미 아무도 없었다. 날카로운 검기가 폭풍의 목을 긋는 순간, 거대한 장력이 질풍과 선풍을 덮치는 순간, 그들 세 사람은 마치 원래부터 그 자리에 없었던 것처럼 표홀하게 자취를 감췄다.
　한편 수백 발의 암기는 전후좌우 사방에서 쏟아져 들고 있었다. 화군악이나 장예추는 그 암기 세례를 무시한 채 곧장 주변 숲으로 날아들었다.
　만해거사와 진재건은 담호와 소자양을 보호하듯 앞으로 나서며 두 팔을 크게 휘둘렀다. 그들의 소맷자락에 막힌 암기들이 우수수 지면에 떨어졌다.
　"저는 걱정하지 않으셔도 됩니다!"
　그때 담호가 크게 소리치며 소자양의 앞으로 나갔다. 그건 마치 담호와 만해거사, 진재건이 소자양을 품자(品字) 형태로 지켜 주는 듯한 모습이었다.
　소자양을 가로막고 나선 담호는 곧바로 두 손을 휘돌리

며 빗속을 날아드는 암기들을 향해 태극 문양을 그려 냈다. 그 순간 날카롭게 날아들던 수십 개의 암기는 담호가 그려 낸 태극 문양 속으로 휘말려 들어갔다.

담호는 제자리에서 한 바퀴 맴돌면서 두 손 사이의 공간에 둥둥 떠 있는 암기들을 날아왔던 그 장소로 되돌려 보냈다.

그건 상대의 힘을 이용하여 적을 쓰러뜨리는 도가(道家)의 기예이자, 한편으로는 단단하고 굳건한 삼심(三心)을 기반으로 적의 모든 무공을 반사하여 물리치는 형의 팔요(形意八要)와 맥(脈)이 닿아 있었다.

파파팟!

담호가 돌려보낸 수십 개의 암기는 쏟아지는 빗속을 뚫고 날아왔던 그곳으로 빠르게 되돌아갔다.

"허억!"

암기를 쏘아 보냈던 삼풍조의 조원들이 깜짝 놀라며 다급하게 몸을 움직여 겨우 그 기습을 피했다.

"괜찮아요?"

한숨 돌린 담호가 뒤를 돌아보며 물었다. 소자양이 어색하게 웃으며 고개를 끄덕였다.

"응, 덕분에."

만해거사가 정면에서 시선을 떼지 않은 채 빠른 어조로 말했다.

"담호, 자양, 너희들은 내 뒤에 숨도록 하라."

소자양의 눈이 휘둥그레졌다. 홀쩍 마른 만해거사의 뒤에 숨으라니, 쉽게 이해할 수 없는 주문이었다.

하지만 담호는 망설이지 않고 대답했다.

"네, 할아버지."

그러고는 재빨리 소자양을 잡아당기며 만해거사의 등 뒤로 숨었다. 물론 소자양과 담호 두 건장한 청년을 가리기에는 만해거사의 몸이 너무 말라 있었다.

그럼에도 불구하고 만해거사는 적들을 향해 당당하게 선 채로 중얼거렸다.

"그럼 오래간만에 왜 내가 만해거사라고 불리는지 보여 줘야 하나?"

만해거사는 크게 호흡을 들이마셨다.

일순 그의 배가 불룩해지는가 싶더니 팔다리 할 것 없이 그의 몸 전체가 돼지 오줌보처럼 둥그렇게 부풀어 올랐고, 그의 옷은 금방이라도 찢어질 것만 같았다.

순식간에 소자양과 담호의 모습이 만해거사의 거대한 체구에 가려 보이지 않게 되었다.

"응?"

그 모습을 생전 처음 보는 소자양의 눈이 휘둥그레질 때, 그렇게 한없이 둥그렇게 부풀어 오른 만해거사는 진재건을 향해 손을 내밀며 말했다.

"진 당주, 내 칼을."

진재건은 황급히 봇짐에서 칼 한 자루를 꺼내 그에게 건넸다. 만해거사는 칼날이 붉게 물든 참도(斬刀)를 가볍게 휘두르며 앞으로 더 걸어 나갔다.

"뭐지, 저 괴물은?"

나무 뒤에, 혹은 나뭇가지 사이에 숨어 있던 삼풍조원들이 그 해괴한 모습에 놀라고 당황했다.

하지만 그건 어디까지나 한순간의 일에 불과했다. 외려 그들은 목표물이 더 커진 것에 대해 좋아하며 다시 암기를 날렸다.

파파파!

빗물이 암기에 튕기는 소리가 요란한 가운데 수십 발의 암기가 벼락처럼 만해거사에게로 날아들었다.

그의 전신이 곧 고슴도치처럼 변할 것 같은 순간, 놀랍게도 그 암기들은 만해거사의 거대하고 둥글게 변모한 외격에 닿자 그대로 튕겨 나갔다.

말 그대로 만해거사의 지금 외양은 세상 그 어떤 것이라도 튕길 수 있는, 단단하면서도 탄탄한 보호막처럼 변해 있었던 것이었다.

한편 비바람을 가르고 허공으로 날아오른 장예추와 화군악을 향해서도 수십 발의 암기가 쉬지 않고 날아들었다. 한눈에 보더라도 극독이 발려 있을 법한 표창부터 시작하여 빗줄기보다도 가늘고 세밀한 우모침까지, 암기들은 무자비한 속도로 두 사람을 덮쳐 갔다.

"암기는 내가 맡지."

앞서 허공을 날아가던 화군악이 내력을 끌어올리며 한 손을 휘둘렀다.

저 무당산 무애암에 새겨져 있던 수천 개의 검선(劍線) 중 일부분이 그의 손에 의해 펼쳐졌다. 그리고 그 검선은 이른바 태극회선류(太極回旋流)의 무결(武訣)이 되어 자신을 향해 날아드는 모든 암기를 집어삼켰다가 다시 내뱉었다.

그와 장예추를 향해 날아들던 암기들은 속절없이 지면으로 추락해야만 했다.

화군악이 그렇게 암기들을 막아 내는 동안, 장예추는 호흡을 가다듬으며 내력을 집중하여 칼에 머물러 두었다. 그리고 장예추는 한순간 화군악의 등 뒤로 자신을 숨겼다.

적의 시야에서는 절대 그를 볼 수 없는 상황, 바로 그 순간 장예추는 칼을 들어 화군악의 등을 찔렀다.

일순 그의 칼끝에서 무형의 기운이 가늘고 긴 호선(弧線)으로 뻗어 나갔다. 그 호선은 곧 화군악의 등을 교묘하게 휘돌면서 앞으로 뻗어 나갔다.

온통 화군악에게만 집중되어 있던 적들은 그의 등 뒤에

서 갑자기 휘어져 날아든 검기에 제대로 대처할 수가 없었다.

그 가늘고 긴 호선에 의해 순간적으로 두 명의 목이 그어졌다. 목이 베인 자들은 비명이나 신음조차 흘리지 못한 채 십여 장 나무 아래로 추락하듯 떨어졌다.

바로 곁에 있던 동료들조차 그 영문을 몰라 어리둥절하고, 당황하며 놀라야만 했다.

그 어수선한 틈을 놓칠 화군악이 아니었다.

"죽어라!"

그의 군혼이 벼락같은 기세로 삼풍조원들의 머리를 내리치고 가슴을 찌르고 허리를 베었다.

단 한 번의 호흡으로 펼쳐지는 수백 개의 초식! 바로 그것이야말로 무애암 바위에 새겨져 있던 모든 검선의 총화(總和)이자 장삼봉이 남겨 둔 태극혜검(太極慧劍)의 발현이었다.

장예추도 더는 숨어 있지 않았다. 그는 화군악의 어깨를 밟으며 다시 한번 허공 높이 뛰어오르더니, 이내 삼풍조원들의 한복판으로 날아 들어갔다.

놀란 삼풍조원들이 장예추를 향해 검을 내지르고 칼을 휘둘렀다. 그들의 검과 칼에서는 감당할 수 없는 기세의 검기들이 빗줄기처럼 뿜어져 나왔다.

그렇게 검기를 자유자재로 구사하는 것만으로도 이들

삼풍조원의 실력이 결코 노경(老境) 밑이 아님을 알 수 있었다.

장예추는 취몽보의 보법으로 휘청휘청 나뭇가지를 밟고 이동하며 적들과 맞섰다.

그는 절대 놈들의 검기에 현혹되지 않았다.

저들이 발출하는 검기는 갓 입문한 검강(劍罡)보다 몇 배는 더 강한 위력이 담겨 있었지만, 어디까지나 검기는 일직선으로 움직였다.

장예추가 보여 주었던 그 호선처럼 휘어지는 검기와는 달리, 저들이 펼치는 검기는 직선에서 직선으로 뻗어 나가고 있었다.

그리고 장예추의 제왕검해라면, 그 제왕검해로 펼치는 제왕검형(帝王劍形)이라면, 거기에 새롭게 익힌 호선의 검기를 접목하여 창안한 환몽검형(幻夢劍形)이라면 얼마든지 그 직선적인 검기를 피하고 막아 내고 부수면서 역공을 가할 수가 있었다.

환몽검형은 북해빙궁에서 악몽을 꾸던 당시 엉겁결에 펼쳐 냈던 그 호선검기(弧線劍氣)의 명칭이었다.

그리고 무위의 경지를 한 단계 더 상승시킨, 오로지 세상에서 오직 장예추만이 펼칠 수 있는 단 하나의 무공이었다.

4장.
난전(亂戰)

지닌 바 모든 업을 거울처럼 닦고 먼지처럼 쓸어내어
마침내 안과 밖이 하나가 되듯 모든 것이 투명해지면
비로소 첫 번째 경계에 발을 디뎌 놓게 되는 것이니,
바로 신무외(神無畏)라 하겠다.

난전(亂戰)

1. 정상(頂上)

 장예추는 제왕검해를 이용하여 저들의 검기가 날아드는 마디마디를 자르고 막고 비껴가게 했다. 동시에 다른 한 손을 들어 연달아 환몽검형의 일격을 펼쳐 냈다.
 그의 손에서 뻗어 나간 지력(指力)은 이내 그 무엇보다 날카롭고 매서운 검기가 되어 사방으로 휘어지며 적들의 등으로 날아가 꽂히거나 소리 없이, 느닷없이 뒷덜미를 훑듯 베며 지나쳤다.
 그야말로 마음이 이는 대로 방향을 선회하고 바꾸며 날아가게 만드는, 오직 장예추만이 펼칠 수 있는 어검기(御劍氣)가 바로 이 환몽검형이었다.

바로 그때였다.

"어라, 너도?"

화군악이 진심으로 당혹해하는 목소리가 장예추의 귓전으로 울려 퍼졌다.

'음? 그게 무슨 소리?'

장예추는 저도 모르게 뒤를 돌아보았다.

순간 그는 자신을 향해 짓쳐들어오는 검기에 깜짝 놀라 하마터면 칼을 휘두를 뻔했다.

하지만 그 검기는 이내 괴이한 호선을 그리며 장예추를 비껴가더니 이내 허공을 한 바퀴 휘돌며 삼풍조원의 명문혈을 파고들었다.

보이지도 않던 검기로 인해 졸지에 명문혈이 찔린 삼풍조원은 신음조차 흘리지 못한 채 나뭇가지에서 떨어져지면 저 아래로 추락했다.

그건 확실히 장예추의 환몽검형과 닮아 있었다.

비록 기세나 크기나 휘어짐의 각도나 움직임은 사뭇 다를지 몰라도 그 궤(軌)와 맥(脈)과 본질은 화군악이 방금 펼친 검기나 장예추의 환몽검형이나 전혀 다르지 않았다.

심지어 그로 인해 목숨을 잃은 자의 반응과 최후까지도.

장예추는 눈이 휘둥그레진 채, 역시 똑같이 눈을 휘둥

그레 뜬 채 자신을 쳐다보고 있던 화군악과 시선을 마주쳤다.

'너도?'

'너도?'

비록 말을 주고받지 않았더라도 둘 다 같은 감정을 느끼고 있음이 분명했다.

어쩌면 그들이 펼치는 호선의 검기는, 검이나 칼을 배우는 자들의 수련이 극한에 이르렀을 때 비로소 펼칠 수 있는 최후의 무공일지도 몰랐다.

비록 제왕검해니, 태극혜검이니 하면서 서로 다른 검법을 배우고 서로 다른 길을 따라 수련하고 하나씩 깨우쳐 갔지만 결국 그들이 오른 산의 정상(頂上)은 오직 하나인 것처럼.

쾅!

천둥이 쳤다.

우지끈!

아름드리나무가 박살이 나며 쓰러졌다.

수십, 수백 개의 나뭇가지가 비바람에 나부끼며 요란한 소리와 함께 지면과 맞부딪쳤다. 마치 새들이 놀라 비산하듯 십여 개의 신형이 쓰러진 나무에서 솟구쳐 올랐다.

담우천은 강만리의 강맹한 장력으로부터 비롯된 기회

를 놓치지 않았다. 발끝이 지면을 박찬다 싶은 순간, 이미 그의 신형은 이십여 장 공간을 가로질러 앞으로 쏘아지고 있었다.

막 허공으로 날아오르던 신형들이 화들짝 놀라며 그에게 암기를 발출하고 검과 칼을 휘둘렀다.

비록 삼풍조의 하급 조원이라지만 어디까지나 그들은 과거 사선행자의 부행수들과 비슷한 실력을 지니고 있었다. 황망한 가운데 뿌리를 칼과 검의 기세는 쉬지 않고 휘몰아치는 빗줄기를 가르며 담우천에게 쏘아졌다.

하지만 담우천은 이미 그 자리에 없었다. 절정에 이른 환섬신루의 수법은 그를 공간에서 공간으로 순간적으로 이동시켰다.

어느새 저들의 뒤쪽으로 파고든 담우천의 검극이 원을 그리며 주변 공기를 파동(波動)했고, 그의 검기는 주변 모든 것을 압도하며 휘감았다.

그를 향해 덮쳐들던 암기들이 산산이 부서져 자취를 감췄다. 그를 향해 쏘아지던 검기와 도기(刀氣)는 막강한 압력에 휘말린 채 그대로 사라지고 말았다.

장예추와 화군악의 검기와는 또 다른 검기!

삼풍조원 중 감히 누구 하나 그 검기를 감당하지 못한 채 추풍낙엽(秋風落葉)처럼 나가떨어졌다.

바로 그때였다.

"역시 담우천이로구나!"

묵직한 목소리와 함께, 그보다도 묵직한 검세(劍勢)가 담우천의 머리를 직격했다. 담우천은 무표정한 얼굴로 거궐을 들어막았다.

쿵!

순간 병장기 부딪치는 소리가 아닌, 바위와 바위가 부딪치는 듯한 소리가 두 개의 검에서 피어올랐다.

멈추지 않을 것만 같았던 담우천의 진격이 게서 멈췄다. 담우천은 자세를 고쳐 잡으며 자신의 앞으로 표표히 떨어져 내리는 사내를 지켜보았다.

눈매가 짙고 강렬한 사내였다.

"그대는?"

담우천이 묻자 사내는 묵직한 목소리로 대꾸했다.

"삼풍 중 질풍을 이끄는 질풍이라고 한다. 그리고 전대(前代) 사선행수의 목을 벨 유일한 자이기도 하지."

'전대라……'

무심하던 담우천의 눈썹이 희미하게 꿈틀거렸다.

'전대(前代)의 사선행수'라는 건 곧 현대(現代)에도 사선행수가 있다는 뜻이리라.

어쩌면 스스로를 질풍이라고 소개한 이 사내가 현대의 사선행수일 수도 있었고, 또 어쩌면 아직 따로 정해진 사선행수가 없을 수도 있었다.

'뭐, 그게 중요한 게 아니니까.'

담우천은 그렇게 생각하며 입을 열었다.

"종리군이 보냈느냐? 아니면 천예무가 보냈느냐?"

질풍의 표정은 묘하게도 담우천을 닮아 있었다. 그는 무심한 눈빛으로 담우천을 바라보면서 천천히 검을 높이 들었다. 검이라고 하기에는 무식해 보일 정도로 큰 대검(大劍), 어지간한 칼이라면 송두리째 박살 낼 것만 같은 대검이었다.

'좋군.'

담우천은 질풍의 눈빛과 몸짓에서 대화 대신 싸우자, 라는 투지와 의지가 보여서 마음에 들었다.

담우천도 거궐을 들었다. 그리고 다른 한 손에 또 다른 내공을 운용하여 눈에 보이지 않는 창 한 자루를 움켜쥐었다.

무영비격창(無影飛檄槍).

여진족을 상대하다가 깨우친 새로운 절기.

공간과 공간을 가르고 전광석화처럼 날아가되, 일말의 파공성도 일지 않는 무형(無形)과 무영(無影)과 무음(無音)의 강기(罡氣).

그 모습을 지켜보던 질풍의 눈빛이 가볍게 흔들렸다.

'내공을 반으로 나누다니.'

질풍의 눈에는 지금 담우천이 한 손에 검을, 그리고 다른 손에 또 다른 내공을 운용하는 것이 보였다. 검으로 싸우다가 빈틈을 노려 장력을 퍼붓겠다는 심산이라고 여겨졌다.

절로 코웃음이 흘러나왔다.

'훗. 겨우 반밖에 되지 않는 내공으로 내 거력철왕검(巨力鐵王劍)을 막아 낼 수 있을 거라고 생각하나?'

질풍은 그렇게 속으로 중얼거리며 천력(天力)의 힘으로 검을 내리쳤다.

순간, 그를 둘러싼 모든 것이 광풍(狂風)에 휘말리며 그의 검격권(劍擊圈) 안에 가둬졌다. 그 어떤 방법을 동원해도 빠져나갈 수 없는 검격권이었다. 주변의 공기와 비바람과 심지어 담우천마저도.

담우천은 동요하지 않은 채 거궐을 앞으로 내밀었다. 거궐의 검 끝이 미세하게 흔들리며 원을 그렸다.

일원검의 기수식!

질풍이 만들어 낸 네모난 검격권 안에서 일원검은 원형의 파동을 일으키며 사방으로 뻗어 나갔다.

그 파동에 부딪힌 주변 모든 것들이 산산이 부서지고 조각나며 허공으로 솟구쳤다. 질풍의 검격권이 금방이라도 터질 것처럼 크게 부풀어 올랐다.

질풍의 얼굴이 한순간 악귀처럼 일그러진다 싶더니, 이내 그의 입에서 천지를 뒤흔드는 일갈(一喝)이 터져 나왔다.

"쇄압(鎖壓)!"

일순 그의 거력철왕검에서 감당할 수 없는 무게의 위압감이 검격권 위로 내리꽂혔다.

그것은 담우천을 절대 벗어나지 못하는 우리에 가둔 채 그 우리 위로 수만 근 무게의 철근을 떨어뜨리는 것과 다르지 않았다.

다짜고짜 자신의 최후 절기를 펼친 질풍의 입가에 한 가닥 미소가 스미는 순간, 쩌엉! 하는 소리와 함께 눈에 보이지 않는 검격권이 산산이 부서지는가 싶더니 이내 거대하고 파괴적이며 압도적으로 강력한 무언가가 질풍을 향해 날아들었다.

"헉!"

질풍은 헛바람을 집어삼키면서 본능적으로 허리를 틀었다. 동시에 투명한 무언가가 그의 어깨를 꿰뚫었다.

옷이 찢어지고, 피부가 갈라지며 구멍이 뚫렸다. 살점이 부서지고 근육이 찢어지고 뼈가 산산조각이 나 버린 구멍이었다.

고통보다 의아함이 먼저 질풍의 뇌리에 가득 찼다. 전혀 보이지도, 들리지도 않는 일격에 그의 검격권이 박살나고 심지어 어깨마저 관통당한 것이었다. 마치 무형의 창에 어깨를 꿰뚫린 것처럼.

그러나 계속해서 의문을 품고 있을 수는 없었다.

"그걸 피하다니."

냉정한 목소리와 함께 담우천이 우리에서 빠져나온 호랑이처럼 그를 향해 덮쳐들었다. 그의 구멍 송송 뚫린 검에서 휘파람 소리 같은 게 들려오는 것 같았다.

질풍은 지혈할 새도 없이 곧장 거력철왕검을 휘둘렀다.

"폭렬(爆裂)!"

마치 천 근 화약이 폭발하는 듯한 파괴력이 그의 거대한 철검에서 쏟아졌다. 그 엄청난 파괴력은 바로 정면에서 날아들던 담우천을 향해 고스란히 쏘아졌다.

하지만 그 순간 또 한 자루, 눈에 보이지 않는 창이 거력철왕검이 일으킨 그 엄청난 폭발을 뚫고 날아들었다. 그 뒤를 이어 담우천의 거궐이 바로 질풍의 코앞까지 들이닥쳤다.

이번에는 질풍도 막을 새가, 막을 준비가 되어 있지 않았다.

바로 그때였다.

"어딜!"

날카로운 여인의 목소리가 허공을 갈랐다.

"우리도 있다!"

또 다른 사내의 목소리가 반대쪽 허공을 가르며 엄중한 기세로 날아들었다.

막 질풍을 향해 거궐의 일격을 날리려던 담우천은 달려

들던 기세 그대로 지면을 걷어차고 뒤로 몸을 뺐다. 바로 그 자리로 수십 가닥의 채찍과 수백 개의 암기가 내리꽂혔다.

삼풍의 또 다른 두 명의 조장, 선풍과 폭풍의 합세가 그렇게 시작되었다.

"미안하다."

질풍은 한숨을 내쉬며 말했다.

동료들의 합세가 아니었더라면 아마 지금쯤 그는 이 세상 사람이 아니었을 테고, 질풍은 그걸 부인하거나 인정하지 않을 정도로 어리석지도 속이 좁지도 않은 자였다.

그는 잠시 생긴 틈을 이용하여 재빠르게 어깨를 지혈하면서 말했다.

"우리가 생각했던 것보다 다섯 배는 더 강한 것 같다."

그의 앞에 우뚝 선 채 담우천을 노려보고 있던 폭풍이 입술을 깨물며 대꾸했다.

"그래도 반드시 죽일 수 있다."

"당연하지."

선풍이 고개를 까닥이며 채찍을 가볍게 휘둘렀다. 요란한 소리가 허공을 가르며 사방으로 뻗어 나갔다. 내공이 약한 자는 그대로 피를 뿜으며 쓰러질 정도로 날카롭고 강맹한 소리였다.

담우천은 가만히 그녀의 채찍을 바라보다가 불쑥 입을

열었다.

"구절편(九節鞭)이로군."

아홉 개의 마디로 나뉘어 내공과 구결의 운용에 따라 뱀처럼 자유자재로 움직이며 적을 내리치거나 압살(壓殺)하거나 폭살(爆殺)하거나 혹은 꽁꽁 묶어 질식하게 하는 등의 수법을 펼칠 수 있는 십칠 척 길이의 거대한 철편(鐵鞭).

사용하는 자가 워낙 드물어 그 파훼법을 전혀 알지 못한 채 속절없이 당하기만 하다가 곤죽이 된 채로 죽게 된다. 그게 구절편의 또 다른 효용이었다.

"하지만 나는 구절편의 천하제일인을 잘 알고 있어서."

담우천의 말에 선풍이 피식 웃었다.

"나찰염요? 그깟 계집의 구절편으로 내 구절편을 판단해 준다면 나야 물론 좋지."

담우천의 눈가에 살짝 노기가 스며들었지만 그 빛은 순식간에 사라지고 보이지 않았다. 선풍들의 눈에는 여전히 그의 눈빛이 무심하고 무정해 보였다.

"좋아."

담우천은 다시 거궐을 고쳐 쥐며 말했다.

"네 구절편이 얼마나 잘났는지 한번 보자꾸나."

2. 신무외(神無畏)

혈전(血戰)이었다. 난전(亂戰)이었다.

사십오 명의 삼풍조원은 일곱 명의 강만리 일행을 상대로 사방에서 암기를 쏘아 대며 포위망을 좁히고 있었다.

강만리와 담우천, 장예추와 화군악의 활약으로 대여섯 명의 하급 조원이 목숨을 잃고 십여 명이 부상을 당하기는 했지만, 놈들의 기세는 전혀 꺾이지 않았다.

외려 그들은 처음보다는 훨씬 더 신중하게 움직이면서 전력(戰力)을 맞춰 강만리들을 상대하기 시작했다.

담우천은 세 명의 조장이 맡았다. 강만리와 장예추, 화군악은 열두 명의 부조장들이, 각각 네 명씩 조를 이뤄서 상대했다.

강만리를 상대하는 자들은 폭풍조의 부조장들로, 각각 비섬, 절예, 몽마, 사휴라는 별호를 지니고 있었다. 그들은 사방에서 이리저리 들이닥쳤다가 물러서기를 반복하며 강만리의 심기를 긁었다.

장예추를 상대하는 네 명은 모두 하나같이 아름다운 여인들이었다.

"젠장! 왜 네 녀석에게만 미녀들이 꼬이냐니까?"

화군악이 싸우는 도중에 그렇게 소리칠 만큼 절색(絕色)의 미모를 갖춘 네 명의 여인은 다름 아닌 선풍조의 부조장들이었다. 그녀들은 이른바 색환술(色幻術)을 펼치며 장예추를 현혹하고 유혹했다.

"바보들이다, 너희들은!"

또 다른 네 명의 사내들과 합을 겨루던 화군악이 힐끗 그 광경을 보고 소리쳤다.

"그런 색공(色功)은 내게나 통하지, 그 부처 아랫도리 같은 녀석에게는 절대로 통하지 않을 게다! 정말 사람 잘못 골라서 붙었다니까!"

"진짜 우리가 그리도 하찮아 보이더냐!"

화군악을 상대하던 네 명의 사내 중 한 명이 버럭 소리치며 칼을 휘둘렀다. 동시에 화군악의 몸이 정수리에서 사타구니까지 일직선으로 양단되었다.

하지만 섬전(閃電)처럼 빠른 쾌도(快刀)를 시전했던 사내는 바로 눈살을 찌푸리며 빠르게 몸을 돌렸다.

"미꾸라지 같은 놈!"

사내의 등 뒤에는 어느새 네 명의 포위를 빠져나온 화군악이 우뚝 서 있었다. 화군악은 방금 잘려 나간 자신의 소맷자락을 힐끗 내려다보며 물었다.

"네 이름은?"

"무쌍(無雙)."

사내의 말에 화군악은 고개를 끄덕이며 말했다.

"확실히 무쌍이라는 별명에 어울리는 쾌도였다. 하마

터면 내 팔이 잘릴 뻔했으니."
"이번에는 진짜 베어 주마."
"아니, 아직은 부족해."
화군악은 진심으로 말했다.
"지금보다 두 배 정도 빠르다면 모르겠지만, 그 전에는 내 어디고 자르거나 베어 낼 수 없어."
그러자 무쌍이 흐릿한 미소를 지으며 말했다.
"잘려 나간 네 소맷자락이나 보고 그런 말을 해라."
"아, 이거?"
화군악은 대수롭지 않다는 투로 말했다.
"저 미녀들의 몸매를 감상하는 바람에 방심했거든. 하지만 이제 너희들 실력을 제대로 알았으니까."
아닌 게 아니라 장예추를 포위하고 있는 미녀들의 몸매는 그 어떤 사내라 하더라도 녹여 버릴 정도로 뛰어났다.
세찬 폭우에 젖어 몸에 찰싹 달라붙은 겉옷 말고는 아무것도 입지 않은 그녀들이었다. 그 겉옷마저 얇고 투명해서 속살이 고스란히 드러나 있었는데, 네 여인 모두 서로 다른 육감적인 몸매를 지니고 있었다.
수밀도(水蜜桃)처럼 탱탱한 젖가슴과 볼록 튀어나온 젖꼭지가 있는가 하면, 수박처럼 크고 둥근 젖가슴에 살짝 안으로 들어간 젖꼭지를 가진 여인도 있었다.
두부처럼 부드럽고 새하얗고 출렁거리는 엉덩이가 있

는가 하면, 위로 바짝 올라와 탱탱한 느낌이 고스란히 전해지는 엉덩이도 있었다.

하지만 하나같이 허리는 잘록했고, 허벅지는 단단해 보였으며, 다리는 늘씬하고 발목은 가늘었다.

놀랍게도 그녀들의 사타구니 사이의 거뭇한 그림자들까지 고스란히 내비쳤는데, 그중 두 명의 여인은 그 거뭇한 그림자 대신 낙타의 발굽처럼 생긴 선이 그대로 보이고 있었다.

그런 상황에서 여인들은 아슬아슬한 춤을 추고 있었다. 그녀들은 허벅지를 살짝 비틀고 허리를 꼬며 도톰한 입술을 벌려 새하얀 치아와 불꽃처럼 붉고 긴 혀를 살랑거렸다.

그녀들은 결코 천박하게 움직이지 않았다. 한꺼번에 모든 걸 다 보여 주지도 않았다. 다리를 훌쩍 벌려 속살을 드러내지도 않았으며, 가슴을 까 보이지도 않았다.

그저 은근하고 요염하고 아슬아슬하게. 그게 사내들의 욕정을 가장 빠르게 끌어올린다는 걸 누구보다도 잘 알고 있다는 듯이, 그녀들은 우중무희색요술(雨中舞姬色妖術)을 펼치며 장예추의 정신을 혼란하고 어지럽게 만들었다.

그리고 남은 서른 명 중 죽은 자를 제외한 이십여 명의 삼풍조 하급 조원은 진재건과 만해거사, 담호와 소자양을 에워싸고 있었다.

 그들은 수레바퀴처럼 원활하게 움직이며 암기를 발사하고 칼을 휘둘렀다. 하급 조원이라고는 하지만 그들 대부분 당경(堂境)의 수준에 오른 이상, 진재건과 만해거사는 쉽게 그들을 상대하지 못했다.

 게다가 무려 이십여 명이 이리 뛰고 저리 뛰면서 공수연환의 차륜전(車輪戰)을 펼치고 있었으니, 바로 지금 이 만해거사들이 강만리 일행 중에서 가장 위태롭고 치열하게 싸우고 있었다.

 쏴아아!

 빗줄기는 그칠 기미가 없었다. 여전히 사위는 깜깜해서 한 치 앞도 제대로 보이지 않았다.

 그 와중에 쏟아지는 암기들은 빗소리에 가려 들리지 않았고, 어둠에 가려 보이지 않았다. 오로지 본능과 육감, 그리고 경험으로 막아 내고 피해야만 했다.

 어느덧 만해거사의 얼굴에 피곤한 기색이 스며들기 시작했다. 그의 만혈참도는 여전히 매서운 소리를 내며 허공을 갈랐지만, 어느새 그의 체구는 처음보다 현저하게 줄어들어 있었다.

 나이가 들수록 체력이 저하하고 지구력이 떨어지는 건 어쩔 수 없는 일이었다. 일격에 적을 해치우지 못한 채 지구전(持久戰)으로 돌입하게 된 이상, 만해거사는 초조

하고 다급해질 수밖에 없었다.

진재건 또한 낭패의 빛을 띠고 있었다. 입장상 전력을 다할 수 없는 처지인지라, 그는 최선을 다하지 않은 채 저들과 맞서 싸우고 있었다.

하지만 최선을 다하지 않은 상태에서 쓰러뜨리거나 해치울 수 있을 정도로 말랑말랑한 상대가 아니었다. 외려 아차! 하는 순간에 오히려 당하는 바람에 그의 몸 여기저기에 상처가 나고 피가 흘렀다.

답답한 건 담호도 마찬가지였다.

생각 같아서는 적진 한가운데로 뛰어들어 난도질을 하고 싶었지만, 생각했던 것보다 적들은 강했으며 무엇보다 지금 그는 소자양을 지키는 임무를 맡고 있었다.

여전히 놈들은 담호들이 틈을 보일 때마다 암기를 날렸다. 담호나 만해거사, 진재건과는 달리 소자양은 이 폭우와 어둠 속에서 그 암기를 막아 낼 재간을 아직 갖지 못했다.

그랬기에 담호는 앞으로 달려가려다가 다시 돌아와 소자양을 향해 쏟아지는 암기를 막고 쳐 내야만 했다.

도대체 이런 답답한 상황에서는 어떻게 해야 최선인지, 담호는 아직 알 수 없었다. 체력과 지구력은 그 누구보다도 뛰어났지만 역시 경험이 부족한 까닭이었다.

의외로 상황은 쉽게 정리되지 않았다.

처음 강만리 일행이 삼풍조의 몇몇 하급 조원을 쓰러뜨리고 담우천이 질풍에게 일격을 가했을 때만 하더라도 바로 승부가 날 것만 같았다.

하지만 삼풍조는 절대 만만하지 않았다.

그들은 강만리 일행이 생각보다 훨씬 강하다는 것을 인정하고는 곧바로 전략을 바꿔 지구전, 차륜전으로 돌입했다.

수적 우세를 앞세워 치고 빠지는 걸 반복하면서 호시탐탐 암기를 발출하며 강만리 일행의 심기를 어지럽히고 정신을 흩어 놓았다.

그들의 연계는 뛰어나서 마치 한 몸처럼 움직였다. 공수의 연환은 숨을 쉬듯 자연스러웠고, 틈틈이 내지르는 암기의 일격은 송곳보다 날카롭고 매서웠다.

담우천은 크게 거궐을 휘둘러 세 명의 조장을 뒤로 물러서게 한 다음 주위를 둘러보며 전황을 살폈다.

장예추와 화군악은 걱정하지 않아도 될 듯싶었으나, 강만리가 의외로 수세에 몰려 있었다. 역시 그 또한 아직 경험 부족에서 오는 열세였다.

가장 큰 문제는 만해거사 쪽이었다. 역시 소자양이 있는 게 커다란 단점이자 허점이 되고 있었다. 그로 인해 담호가 처음부터 전력에서 제외된 상태로, 만해거사와 진재건만이 적들과 맞서 싸우는 중이었다.
'진 당주…….'
담우천은 힐끗 진재건을 바라보았다.
움직임이나 반응을 보건대 아직 여력은 충분해 보였다. 아니, 애당초 전력을 다 쏟아붓지 않은 채 싸우는 듯 보였다.
담우천의 형세 판단은 거기까지였다.
뒤로 물러나 한 차례 숨을 돌린 세 명의 조장이 다시 담우천을 향해 덮쳐들었다. 질풍의 거력철왕검이, 선풍의 구절편이, 폭풍의 마도(魔刀)가 거의 동시에 담우천의 목과 허리와 배를 노리고 파고들었다.
담우천은 환섬신루의 수법으로 자리를 피한 후 곧바로 몸을 돌리며 지면을 박찼다. 처음으로 맞서 싸우던 자들에게 등을 보인 것이었다.
"어딜 도망치려는 게냐!"
선풍이 크게 소리치며 십칠 척 길이의 구절편을 휘둘러 담우천의 목을 낚아채려 했다.
그러나 이미 담우천의 신형은 구절편의 범위 밖으로 도주했고, 선풍의 구절편은 쩌엉! 하는 요란한 소리와 함께 허공만 후려치고 말았다.
담우천이 도주한 방향은 다름 아닌 강만리가 있는 곳, 순식간에 그곳으로 달려가던 담우천이 벼락처럼 왼손을 내질렀다. 마치 눈에 보이지 않는 투명한 창을 집어 내던지는 듯한 모습이었다.

그걸 본 질풍이 다급하게 소리쳤다.

"모두 피하라!"

강만리를 핍박하던 네 명, 비섬과 절예, 몽마와 사휴가 화들짝 놀라며 황급히 몸을 피했다.

콰앙!

격렬한 굉음과 함께 지면이 움푹 파였다. 바로 직전까지 비섬과 절예가 서 있던 바로 그 자리였다.

'무영비격창(無影飛檄槍)이구나!'

강만리는 한 호흡 크게 몰아쉬며 고개를 끄덕였다.

새로 창안한 무공을 두고서 무형섬창이라고 할지, 무영비화창이라고 할지 고민 중이라는 당시 담우천의 그 흐뭇한 얼굴이 떠올랐다.

바로 그때였다.

"머뭇거리지 말게!"

강만리의 머리 위에서 담우천의 목소리가 천둥처럼 울려 퍼졌다.

강만리는 퍼뜩 정신을 차리며 담우천을 바라보았다. 어느새 허공을 날아 강만리 근처까지 달려온 담우천은 곧장 거궐을 휘두르며 비섬을 향해 일격을 가했다.

비섬이 화들짝 놀라 후퇴하며 소리쳤다.

"왜 하필이면 나냐고? 다른 사람들은 놔두고 말이야!"

비섬은 이미 담우천의 무위가 자신보다 다섯 배 이상 강하다는 사실을 똑똑히 알고 있었다. 담우천의 일격에 질풍조의 조장 어깨가 박살 나는 모습을 목격하지 않았던가.

비섬이 소리치며 후퇴하자 몽마와 사휴, 절예가 담우천을 향해 덤벼들었다. 일순 그들의 모든 시선과 집중력은 담우천에게로 쏠렸다.

강만리의 눈빛이 빛난 건 바로 그 순간이었다. 동시에 그의 머릿속에 구결 한 구절이 떠올랐다.

—지닌 바 모든 업을 거울처럼 닦고 먼지처럼 쓸어내어 마침내 안과 밖이 하나가 되듯 모든 것이 투명해지면 비로소 첫 번째 경계에 발을 디뎌 놓게 되는 것이니, 바로 신무외(神無畏)라 하겠다.

강만리는 호흡의 진폭(振幅)을 조절하는 동시에 왼발을 앞으로 내밀고 오른손을 길게 뻗었다.

가장 가까이 떨어져 있는 몽마와의 간격은 이 장여, 팔은 물론이거니와 칼과 검, 심지어 어지간한 창으로도 절대 닿을 수 없는 거리였다.

그러나 강만리는 몽마의 뒷덜미를 단숨에 붙잡아 낚아

챈다는 기분으로 팔을 뻗고 손을 휘저었다. 그러자 믿을 수 없는 광경이 벌어졌다.

 3. 흙탕물의 장막(帳幕)

 담우천의 등을 노리고 덤벼들던 몽마는 마치 보이지 않는 누군가의 손길에 의해 뒷덜미를 낚인 듯 그대로 허공에 몸을 띄운 채 뒤로 나동그라졌다.
 "이게 뭐냐?"
 순식간에 바닥에 나동그라진 몽마는 화들짝 놀라며 벌떡 일어서려 했다.
 하지만 누군가가 계속해서 그의 뒷덜미를 잡은 채 놓아주지 않는 듯, 몽마는 쉽게 자리에서 일어나지 못한 채 버둥거리기만 할 뿐이었다.
 "이, 이 무슨 사술(邪術)이냐?"
 몽마가 버럭 소리쳤지만 강만리는 멈추지 않고 다른 손을 움직였다.
 다음번 목표는 절예.
 강만리는 그녀의 가느다란 발목을 잡아서 한껏 끌어당긴다는 기분으로 손을 뻗어 움직였다. 그 순간 약 이 장 이상 떨어진 거리에 있던 절예가 갑자기 바둥거리더니 그대로 미끄러지듯 앞으로 고꾸라졌다.

"꺅!"

그 갑작스러운 일에 절예는 저도 모르게 날카로운 비명을 내질렀지만 역시 그녀는 만만하지 않았다.

앞으로 고꾸라지면서 얼굴이 지면에 닿으려는 순간, 그녀는 비룡번신(飛龍翻身)의 수법으로 몸을 돌린 다음, 허리를 튕겨 용수철처럼 튀어 올라 다시 자세를 바로잡으려 했다.

바로 그 순간 강만리는 앞으로 내밀고 있던 왼손을 빠르게 잡아당겼다. 일순 절예는 보이지 않는 무언가가 자신의 발목을 잡아끄는 바람에 다시 균형을 잃고 뒤로 나자빠졌다.

'좋아!'

몽마와 절예를 쓰러뜨린 강만리는 회심의 눈빛을 반짝이며 양손을 한껏 잡아당겨서, 계속해서 일어서려는 그들의 움직임을 방해했다.

바로 그때였다.

"유가밀공(瑜伽密功)이로구나!"

등 뒤에서 묵직한 음성이 들리나 싶더니 동시에 경시할 수 없는 강맹한 장력이 쏟아졌다.

우우우웅!

또한 더없이 날카로운 예기가 강만리의 양쪽 어깨를 내

리그었으며, 천지를 찢어발기는 듯한 파공성과 함께 선풍의 구절편이 강만리의 머리를 내리찍었다.

강만리는 사색이 되었다.

지금 그의 두 손은 몽마와 절예를 움직이지 못하게 묶어 놓느라 전혀 사용할 수 없는 상황이었다. 그런 상황에서 세 명의 삼풍조장이 쏘아 내는 가공할 위력의 공격을 막아 낼 능력까지는 아직 그에게 없었다.

결국 강만리는 두 손에 응집했던 유가마라밀공(瑜伽摩羅密功)의 공력을 푸는 동시에 황급히 몸을 앞으로 던져 공처럼 데굴데굴 굴러갔다.

그 치욕적인 동작으로 간신히 세 조장의 합공을 피하는가 싶었지만 그게 아니었다.

순식간에 일 장여 거리를 굴러간 강만리가 재빨리 뒤를 돌아보며 몸을 일으켰을 때, 그의 어깨는 옷이 찢어지고 살이 갈라져서 피가 줄줄 흐르고 있었다.

또한 아슬아슬하게 피했다고 생각한 구절편의 끝자락이 그의 머리를 훑듯이 스치고 지나가는 바람에 뒤통수와 목덜미는 맹수가 할퀸 듯한 자국과 함께 핏물이 뚝뚝 떨어졌다.

그나마 천만다행이라 할 수 있었던 건 놈들 중 한 명이 발출했던 장력에 격중당하지 않았다는 사실이었다.

만약 그 장력에 등이나 허리를 얻어맞았더라면 강만리

는 지금처럼 자리에서 일어나 놈들이 천천히 다가오는 모습을 지켜보지 못했을 터였다.

'젠장!'

강만리는 삼풍조장들을 노려보며 입술을 깨물었다.

비록 기습을 당했다고는 하지만 이건 완벽한 패배였다. 조금 전까지 담우천이 그들을 상대할 때와는 전혀 다른 결말이었다.

즉, 지금 이 결과는 강만리와 담우천의 차이가 얼마나 현격한지를 보여 주는 대목이었고, 강만리에게는 저들에게 당한 상처보다 그게 더 훨씬 아프게 다가왔다.

'아직도 이 정도나 차이가 나다니.'

강만리는 자신의 내공이 이 갑자가 넘게 되면서부터 '어쩌면⋯⋯.' 하는 생각을 감추지 못했다.

거기에다가 여진족의 칸을 만나러 가던 길에 화군악이 전수해 주었던 유가마라밀공으로 인해 자신감이 급상승했던 참이었다.

하지만 불과 삼 성 수준의 성취인 유가마라밀공으로는 부조장들의 발목을 잡아끄는 게 한계였다. 또한 조장들의 공격을 막아 내지도 못했다.

부족했다. 멀었다. 강만리의 성취가 한 단계 오르는 동안 담우천이나 화군악, 장예추들 역시 가만히 놀고 있지 않았다. 아니, 차이는 점점 더 벌어지고 있었다.

강만리는 이를 악물었다.

발목과 목덜미를 잡고 있던 무형의 기운이 사라지자마자 절예와 몽마는 자리에서 벌떡 일어났다. 동시에 그들은 강만리를 향해 섬전처럼 날아들며 소리쳤다.

"죽어라, 개자식!"

"어디에서 함부로 아녀자의 발목을 잡는 거야? 너는 예절이라는 것도 배우지 않았니!"

몽마와 절예는 땅을 나뒹굴었다는 분노와 수치심으로 가득 찬 채 자신들에게 등을 보이고 있던 강만리에게 칼을 휘두르고 암기를 내던졌다.

이때 강만리는 자신의 등 뒤에서 무슨 일이 벌어지고 있는지 전혀 신경 쓰지 않았다. 아니, 신경 쓰지 못했다. 그의 모든 신경은 오로지 눈앞의 세 명, 질풍과 선풍, 폭풍에게 집중되어 있었다.

'옳거니!'

몽마와 절예는 자신들의 일격이 고스란히 강만리의 등에 격중하는 광경을 보며 회심의 미소를 지었다.

바로 그 순간, 강만리가 지면을 박차고 벼락처럼 앞으로 내달렸다. 막 강만리의 등을 파고들던 암기들과 칼이 강만리가 떠나 버린 허공을 후려갈겼다.

"이런 빌어먹을!"

다 된 밥에 콧물을 떨어뜨린 것처럼 몽마와 절예의 입

가에 떠올랐던 미소가 추악하게 일그러졌다.
 하지만 그들은 더 이상 강만리를 쫓지 않았다. 외려 그들은 피식 웃으며 강만리를 조롱했다.
 "제 발로 죽으러 가는구나."
 "조장들과 싸울 바에는 차라리 우리와 싸우는 게 백번 나았을 거야."
 몽마와 절예는 자신들의 조장이, 그리고 삼풍조의 세 조장이 얼마나 강한 자들인지 너무나도 잘 알고 있었다. 그랬기에 자신들의 기습을 피해 조장들에게 달려간 강만리의 결말을 충분히 예측할 수가 있었다.
 한편 단 한 번의 도약으로 이 장여 거리를 돌파한 강만리는 세 명의 조장을 향해 주먹을 휘둘렀다.
 언뜻 보면 마구잡이로 휘두르는 주먹질 같았다. 하지만 그 주먹에는 이 갑자 내공이 실려 있었으며, 그가 가장 오래 익힌 무공 중 하나인 마라수타십이박의 정수가 담겨 있었다.
 콰콰콰!
 주먹이 공기를 가를 때마다 천지에 균열이 가는 듯한 굉음이 쏟아졌다. 강만리의 두 주먹은 불꽃을 휘감고 있는 것처럼 뜨겁게 달궈진 채 연신 세 조장의 얼굴과 가슴, 복부를 후려치고 난타했다.
 하지만 세 조장은 결코 당황하지도, 두려워하지도 않았

다. 그들은 마치 이럴 때를 대비해서 미리 훈련했다는 듯이, 기계처럼 들고 나가기를 반복하면서 강만리의 거친 공세를 피했다.

질풍이 뒤로 물러나면 좌우에서 선풍과 폭풍이 공격을 감행했고, 그에 반응하여 강만리가 좌우로 주먹을 휘두르면 다시 두 사람이 물러서고 질풍이 뛰어 들어왔다.

그 톱니바퀴처럼 척척 맞아떨어지는 움직임에 강만리의 주먹은 애꿎은 허공만을 때리고 또 때렸다.

"사납기가 멧돼지 같구나!"

"하지만 멧돼지는 잡는 요령은 간단하거든!"

삼풍조의 조장이 강만리를 조롱하고 비웃을 때였다.

"멈춰라!"

한순간 강만리의 입에서 천둥 같은 고함이 떨어졌다. 일순 톱니바퀴처럼 원활하게 운용되던 세 조장의 움직임이 거짓말처럼 멈추고 말았다.

강만리는 그 틈을 놓치지 않았다.

"파천격!"

불꽃을 휘감았던 그의 주먹이 갑자기 황금빛 광채로 일렁이는 동시에 거대하고 장엄한 장력이 해일처럼 일어나 사방을 뒤엎었다.

동시에 세 조장의 안색이 급변했다.

"금황파천격?"

"금강철마존의 제자였던가!"

그들은 처음으로 당황한 표정을 지으며 자신들의 절기를 펼쳤다.

구절편이 하늘을 가르고 칼과 검이 공기를 베었다. 벼락이 떨어지고 섬전이 작렬하고 고막이 터질 정도의 굉음이 일었다.

번쩍!

그리고 천지를 새하얗게 물들이는 섬광이 터졌다.

콰앙! 하는 폭렬음과 함께 쉴 새 없이 퍼붓던 빗줄기가 역류하듯 하늘로 치솟았다. 강만리와 세 조장의 주위는 흙탕물이 일 장여 높이까지 튀어 올라 시야를 가로막았다.

그 안에서 무슨 일이 벌어졌는지 누구 하나 확인할 수가 없었다.

"뭐, 뭐지?"

"설마 당하시지는 않았겠지?"

몽마와 절예가 당황하고 있을 때, 그 흙탕물의 장막(帳幕) 안에서 또다시 요란한 굉음이 울려 퍼지기 시작했다.

우르르! 콰쾅!

하늘에서 벼락이 떨어지듯 흙탕물의 장막 안쪽에서 새하얀 섬광이 쉬지 않고 번뜩였다. 그리고 어느 한순간, 검은 물체 하나가 흙탕물의 장막을 뚫고 밖으로 튕겨 나왔다.

 몽마와 절예는 눈을 부릅뜨고 그를 확인했다.

 다름 아닌 강만리였다.

 그 멧돼지와 같은 강만리의 거대한 체구는 사오 장 거리를 날아가 흙탕물 속에 첨벙! 소리를 내면서 떨어졌다.

 하지만 강만리는 반사적으로 몸을 일으키며 다시 싸울 자세를 갖췄다.

 머리부터 발끝까지 흙탕물로 뒤범벅이 된 강만리는 전신이 갈기갈기 찢겨 나간 듯, 상처 없는 곳이 없었으며 피가 흐르지 않는 부위가 없었다.

 애써 자세를 고쳐 잡고는 있었지만 연신 비틀거리는 두 발과 이미 중심을 잃은 허리는, 지금 그가 얼마나 큰 충격을 입었는지 보여 주고 있었다.

 "역시!"

 "조장들을 당해 낼 리가 없지."

 몽마와 절예는 그제야 만족하며 몸을 돌렸다.

 이제 강만리는 죽은 목숨과 다름없었다. 다시 그들은 담우천을 맞아 악전고투를 벌이고 있던 비섬과 사휴에게 합류하기 위해 지면을 박차고 그곳으로 몸을 날렸다.

 그들이 막 흙탕물을 딛고 몸을 날리는 순간, 장막처럼 치솟았던 흙탕물이 다시 지면으로 떨어지고 그 안에 있던 세 조장의 모습이 드러났다.

머리카락이 헝클어지고 온몸에 상처가 나서 피가 줄줄 흐르는 강만리와 달리 그들의 행색은 크게 달라지지 않았다. 여전히 그들은 우아하고 고고했으며 압도적인 기운을 뿜어내고 있었다.

 하지만 그들의 속내는 전혀 그렇지 않았다. 또한 그들의 손에 쥐어져 있던 무기들 또한 예전과는 전혀 다른 형태를 취하고 있었다.

 칼은 두 동강이가 났고, 검은 산산조각이 나 있었다. 구절편은 삼절편으로 부러진 채 그 파편들은 흙탕물 곳곳에 잠겨 있었다.

 세 명의 조장은 믿어지지 않는다는 시선으로 강만리를 바라보았다.

 '불과 십 년 전까지만 하더라도 성도부 포두에 불과했던 놈인데…….'

 '우리 세 사람의 협공을 견디고 또 우리에게 이만한 충격을 주다니.'

 믿을 수 없는 일이었다. 직접 부딪쳐 보고도 믿어지지가 않는 일이었다.

 그렇게 세 조장의 내심을 경악으로 물들인 강만리는 흙투성이가 된 채 말 그대로 꿈틀거리며 어떻게든 싸울 자세를 취하려 하고 있었다.

 좁쌀만 한 그의 눈에서는 여전히 강인한 투지의 빛이

넘쳐흘렀으며, 그의 어깨 위에서는 아지랑이처럼 뜨거운 열기가 피어오르고 있었다. 쉬지 않고 퍼붓는 빗줄기가 그의 몸에 닿는 순간 수증기가 되어 증발하는 것만 같았다.

그 투지와 열기는 강만리의 몸속에 억제되어 있던 투기였으며 살기인 동시에, 그 끝을 알 수 없는 고양감(高揚感)의 현신(現身)이었다.

"더, 덤벼라."

안간힘을 써서, 겨우 힘들게 허리를 낮추고 자세를 잡은 강만리는 세 조장을 향해 손가락을 까닥이며 말했다.

"모두 죽여 주마."

그의 입가를 타고 주르륵, 핏물이 흘러나왔다.

하지만 그 핏물은 세차게 퍼붓는 빗줄기로 인해 녹아내리듯 흔적도 없이 사라졌다.

바로 그때였다.

콰앙!

벽력(霹靂)이 터지는 듯한 굉음과 함께 후방에서 싸우고 있던 삼풍조의 하급 제자 몇 명의 몸이 갈기갈기 찢어진 채 폭죽처럼 허공을 날아올랐다.

동시에 숲 바깥쪽에서 웅혼하고 장엄한 외침이 쏟아져 들어왔다.

"소림의 제자를 죽인 악적들을 모두 해치워라!"

"오늘 닫혀 있던 살계(殺戒)를 여니, 그 죄는 천일(千日) 면벽(面壁)으로 씻겠다!"

숲 사방에서 우렁우렁한 목소리들이 동시다발적으로 터져 나왔다.

그것은 비명에 목숨을 잃은 혜담 대사를 향한 소림사 스님들의 피 끓는 독경(讀經)과도 같았다.

5장.
맹우(盟友)

몽마는 아직도 자신에게 사람의 정이라는 게
남아 있다는 사실이 믿어지지 않았다.
자신에게 동료애(同僚愛)라는 것이 있었다는 것도 믿기 힘들었다.
"빌어먹을!"

맹우(盟友)

1. 동료애(同僚愛)

"이건 축융문의 멸앙화린구와 유성비령탄입니다."

장예추는 공손하게, 그리고 조심스럽게 상자를 내보였다. 상자의 뚜껑을 열자 솜과 기름종이로 하나씩 분리한 이십여 개의 폭약이 모습을 드러냈다.

지켜보고 있던 소림사 방장 공허 대사와 장로들, 그리고 일부 혜자급 스님들의 눈빛이 희미하게 흔들렸다.

"무림의 태산북두인 소림사 스님들께 감히 부탁드리기 어려운 일이기는 하지만, 혜담 대사의 복수를 위해서라도 부디 이것들을 사용하여 놈들의 퇴로를 막아 주시기 바랍니다. 그게 강 형님의 마지막 전언(傳言)입니다."

장예추는 그것으로 강만리의 부탁을 모두 전했다.

소림사 승려들은 아무런 말도 하지 않았다. 그저 그들은 심각한 눈빛으로 장예추가 꺼내 보인 상자의 내용물들을 일일이 확인할 따름이었다.

자고로 명문 정파 사람들은 암기나 폭약, 독 등에 대해서 반사적으로 거부 반응을 일으켰다.

강호에서 살아가는 무림인이라면 당연히 주먹과 칼로 승부를 봐야 한다는 게 평소 그들의 지론이었다. 그들에게 있어서 암기나 폭약이나 독과 같은 것들은 존재해서는 안 되는 악독한 물건이었다.

강만리는 최대한 정중하고 예의 바르게, 그 축융문의 폭약들이 얼마나 중요한 것인지에 대해서 설명하라고 장예추에게 이야기했다.

그리고 장예추는 자신이 할 수 있는 최대한 소림사 승려들을 설득했다. 이제 남은 건 그들의 선택이고 결정이었다.

사실 강만리의 부탁은 그리 대단하지 않았다.

적들은 혜담 대사를 암습하여 살해할 정도의 가공할 무위를 지닌 자들이지만 무림오적으로 충분히 싸울 수 있다고 말했다.

단지 그들의 수가 얼마나 되는지 확인할 수 없는 상황에서, 혜자급 대사들 몇몇이 이 폭약들을 가지고 강만리들을 미행하다가 행여라도 강만리 일행이 불리한 상황에 처해질 경우, 망설이지 말고 폭약을 던져 달라는 게 강만리의 부탁이었던 것이다.

"놈들은 소림사에 원한이 있어서 혜담 대사를 살해한 게 아닙니다. 그저 소란과 소동을 일으켜서 놈들의 진짜 목적인 저희들을 살해하려고 했던 것입니다. 그러니 저희가 소림사를 떠나면 놈들은 반드시 저희 뒤를 쫓아올 겁니다. 혜담 대사의 복수까지 저희가 맡겠습니다. 스님들은 그저 저희가 단 한 명도 놓치는 일이 없도록 약간의 손을 빌려주시기만 하면 됩니다."

그런 강만리의 제안-물론 장예추를 통해 전해 들은-이 못마땅한 것인지, 아니면 여전히 폭약을 사용한다는 것 자체가 마음에 들지 않는 것인지 좀처럼 소림사 스님들은 입을 열지 않았다.

그때 장예추와 함께 소림사 방장실에 들른 담우천이 입을 열었다. 이곳에 온 후로 처음 이야기하는 그였다.

"시간이 없어 이만 가 보겠습니다. 방장께서 어떤 결정을 내리더라도 우리는 충분히 이해할 수 있습니다. 그럼 이만."

그렇게 담우천과 장예추는 소림사의 제대로 된 대답을 듣지 못한 채 방장실을 벗어났다. 그리고 스님들이 어떤 대화를 나누고 어떤 결론을 내렸는지 모른 채 화평장 사람들과 함께 소림사를 빠져나왔다.

* * *

 콰앙!
 천지가 진동하는 굉음과 함께 주변 모든 것이 균열하는 폭발이 일었다.
 등 뒤에서 갑작스레 날아든 폭약으로 인해 아무것도 눈치를 채지 못한 삼풍조 일반 조원 몇몇이 그 폭발에 사지(四肢)가 찢어지고 오장육부가 터진 채 사방으로 흩어졌다.
 비록 일반 조원이라고는 하지만 모두들 노경에 버금가는 무위를 지닌 절정 고수들이었다.
 그러나 앞이 전혀 보이지 않는 한밤중, 그것도 세찬 비바람이 휘몰아치는 폭우 속에서 날아드는 폭탄을 감지하고 피하는 건 무리였던 것이다.
 폭발음은 한 번으로 끝나지 않았다. 삼풍조원들을 노리고 순식간에 십여 개의 폭탄이 사방 곳곳에서 날아들었다.
 콰콰콰쾅!
 격렬한 굉음과 함께 지면이 크게 흔들렸다. 곳곳에 거대한 구멍이 파이고 흙탕물이 분수처럼 솟구쳤다.

아직도 상황을 파악하지 못한 자들의 처절한 비명이 밤하늘을 찢어발기는 가운데, 그들의 몸뚱어리는 수십 개의 조각과 파편이 되어 허공 높이 비산했다.

"살계를 연 책임은 노납에게 있으니, 그 책임 모두 노납이 물을 것이다! 제자들은 혜담을 죽인 자들을 절대 용서하지 말라!"

웅혼한 기상이 담겨 있는 목소리가 쩌렁쩌렁 울렸다. 그제야 어찌 된 영문인지 알아차린 삼풍조의 부조장들이 크게 소리쳤다.

"폭약이다!"

"소림사 놈들의 암습이다!"

"모두 피하라! 이곳으로 모여라!"

부조장들은 연신 이어지는 폭음과 빗줄기, 그리고 소림사 스님들의 사자후에 맞서 악다구니를 쓰며 수하들을 불러 모았다. 숲 바깥 어딘가에 숨어 있는 중들이 내던지는 폭약으로부터 수하들을 보호하려는 생각인 게였다.

하지만 그건 잘못된 생각이었다. 적이 이미 포위망을 형성한 채로 폭탄을 던지고 있는데 한곳으로 모여든다면 과연 어떤 일이 벌어질까.

지금은 외려 무림오적과 화평장 사람들과 한데 뒤엉켜 싸움으로써, 소림사 놈들이 마구잡이로 폭탄을 던지지 못하게 만드는 것이 최선의 선택이었다.

강만리와 벌인 일전(一戰)의 후유증으로 잠시 우두커니 서 있던 삼풍조장들은 뒤늦게 그 사실을 깨닫고 다시 소리쳤다.

"한곳으로 모이지 마라!"

"소림사 놈들이 함부로 폭약을 던지지 못하도록 무림오적 근처에서 떨어지지 마라!"

삼풍조장들의 고함에 일반 조원들은 허둥거릴 수밖에 없었다. 한곳으로 모이려던 그들이 다시 사방으로 흩어지면서 화평장 사람들과 한데 뒤엉켜서 이전투구(泥田鬪狗)를 벌이려 했다.

바로 그때였다.

"안 돼!"

"안 돼!"

고막이 찢어지는 듯한 절규들이 한쪽 구석에서 터져 나왔다. 일순 사람들의 시선이 저도 모르게 그곳으로 향했다.

절예와 몽마가 반사적으로 비명을 지르면서 담우천에게 덤벼드는 광경이 거센 빗줄기를 뚫고서 사람들의 시야에 들어왔다.

그리고 목이 잘려 나간 누군가가 담우천 앞에서 움찔거린 채 서 있었으며, 담우천의 공격을 피하기에 급급하던 비섬이 울부짖듯 소리치며 덤벼드는 장면도 있었다.

"이 개자식! 내 동료를 죽이다니, 사휴를 살려 내라!"

담우천은 무심한 표정을 지은 채 발을 들어 목 잘린 자를 앞으로 걷어찼다. 목 잘린 자는 담우천을 향해 덮쳐들던 절예와 몽마 앞으로 날아들었다.

절예는 황급히 공격을 멈추고 그를 안아 들었다.

"사휴!"

목 잘린 자를 부둥켜안은 절예의 입에서 또다시 비명과도 같은 절규가 터져 나왔다.

* * *

콰쾅!

느닷없는 폭음에, 담우천의 등을 노리고 덤벼들던 사휴가 한순간 놀라 움찔거리며 반사적으로 힐끗 뒤를 돌아보았다.

그야말로 찰나에 불과한 짧은 순간의 일이었다.

그러나 담우천은 자신의 등 뒤에서 벌어진 그 절호의 기회를 놓치지 않았다.

사휴가 뒤를 돌아보는 바로 그 순간, 담우천의 허리가 반 바퀴 회전하면서 거궐이 허공을 갈랐다. 사휴의 목이 소리도 없이 싹둑 잘려 바닥에 떨어졌다.

사휴의 몸뚱어리는 자신의 목이 잘린 지도 모른 채 여

전히 그 자리에 우뚝 서 있었다.

 그건 삼풍조의 부조장급 인물 중에서 첫 번째 죽음이었으며, 지루할 정도로 이어지던 지구전의 한 귀퉁이가 무너져 내리는 순간이었다.

 목 잘린 사휴를 부둥켜안은 절예를 제외한 비섬과 몽마가 담우천의 앞뒤에서 협공을 펼쳤다.
 "죽어라, 이 개자식!"
 비섬이 소리치며 연신 칼을 휘둘렀고, 몽마는 쉬지 않고 자신이 가지고 있던 모든 암기들을 쏟아부었다.
 담우천은 여전히 무표정한 얼굴로 환섬신루와 둔형장신보의 보법을 밟아 그들의 공격을 피하는 동시, 왼손을 앞으로 크게 내던지는 시늉을 했다.
 순간 사휴를 부둥켜안고 있던 절예의 머리가 뒤로 확 젖혀졌다. 잘 익은 수박 깨지듯 그녀의 머리가 산산이 부서지며 그 파편들이 사방으로 튀었다.
 보이지 않는 창!
 들리지 않는 창!
 바로 무영비격창의 일격이었다.
 "이, 이 개자식!"
 비섬은 악을 쓰며 담우천을 향해 칼을 휘둘렀다. 그의 두 눈은 미친개의 그것처럼 붉게 충혈되었고, 머리카락은 봉두난발이 되어 너풀너풀 휘날렸다.

 자신의 안위는 돌보지 않은 채 반드시 담우천을 죽이겠다는 일념으로 휘두르는 칼에서는 감당할 수 없는 살기와 투기가 서리서리 뿜어져 나왔다.

 하지만 어디까지나 상대는 담우천이었고, 그런 초절정의 고수 앞에서 이성과 냉정을 잃고 흥분한다는 건 곧 자살과도 같은 행동이었다.

 한순간 담우천의 거궐이 원을 그렸다 싶은 순간, 비섬의 목에 구멍이 뻥 뚫렸다. 뒤늦게 일직선의 검광(劍光)이 담우천에게서 비섬으로 뻗어 나갔고, 다시 뒤늦게 비섬의 단말마(斷末魔)가 떨어졌다.

 "큭!"

 그게 끝이었다.

 천하제일에 버금가는 고수 앞에서 이성과 냉정을 잃은 채 흥분과 격정에 몸을 맡기고 싸우던 자의 최후였다.

 이제 폭풍조의 부조장 중 남아 있는 자는 오직 몽마뿐이었다. 순식간에 동료들을 모두 잃은 몽마는 이를 악문 채 품 안의 암기를 던지려 했다.

 하지만 이미 그의 품에는 아무것도 없었다. 십여 종류의 수백 발이나 되는 암기들을 모두 소진한 것이었다.

 바로 그때였다.

 "안 돼!"

멀리서 폭풍의 절규와 같은 고함이 들려왔다.

"물러서라, 몽마!"

아닌 게 아니라 평소라면 이 정도에서 물러날 몽마였다. 지금이 아니다 싶으면 언제든지 도망쳐서 후일을 기약하는 게 그였다. 조장 또한 그렇게 하라고 자신을 향해 소리치고 있지 않은가.

그러나 지금은 그럴 수가 없었다.

목이 잘리고, 얼굴이 박살 나고, 목에서 아직도 피가 철철 흐르는 동료들이 바로 눈앞에 있는데, 그 처참한 광경을 두고서 등을 돌리고 도주할 수는 없었다.

"젠장!"

몽마는 아직도 자신에게 사람의 정이라는 게 남아 있다는 사실이 믿어지지 않았다. 자신에게 동료애(同僚愛)라는 것이 있었다는 것도 믿기 힘들었다.

"빌어먹을!"

몽마는 누구에게라고 할 것 없이 욕설을 퍼부으며 담우천에게 덮쳐 갔다. 동시에 담우천의 거궐이 냉정하고 무심하며 무정하게 허공을 갈랐다.

조금 전 비섬을 죽인 그 초식, 세상에 존재하는 그 어떤 쾌검보다 빠르고 날카롭다는 일섬혈(一閃血)과 함께 한 송이 혈화(血花)가 몽마의 목젖에서 피어올랐다.

"이 바보야!"

폭풍이 절규했다.

그의 시야 가득 몽마가 피를 뿌리며 천천히 쓰러지는 광경이 들어왔다.

마음 같아서는 당장이라도 몸을 날려 담우천을 죽이고 싶었다.

하지만 지금 그의 몸은 전혀 그럴 상태가 아니었다. 놀랍게도, 그리고 빌어먹게도 폭풍을 비롯한 질풍과 선풍 모두 강만리와의 일전으로 말미암아 적잖은 내상을 입은 것이었다.

이 갑자의 내공은 무서웠다. 압도적이었다. 모든 걸 파괴하고 부수는 위력을 지녔다.

그 이 갑자 내공을 금강철마존의 금강류하처럼 막강한 강기에 담아낸다면, 정면으로 부딪쳐 그 일격을 무사히 감당할 수 있는 자는 단언컨대 이 세상에 존재하지 않을 터였다.

'괴물 같은 멧돼지.'

폭풍은 문득 강만리를 돌아보았다.

놈은 언제 꺼냈는지 한 자루 검은 철봉(鐵棒)을 지팡이처럼 짚고서 우뚝 선 채 피를 토하면서도 자신들을 노려보고 있었다.

그 기세는 꺾이지 않았고, 투지는 더 크게 불타오르고 있었다. 도대체 누가 저 괴물을 보고 제대로 무공을 익힌

지 불과 십 년밖에 되지 않았다고 생각할까.

2. 백팔나한진(百八羅漢陣)

"물러서야겠지?"
 문득 질풍의 목소리가 폭풍의 귀에 들려왔다.
 당연히 물러서야 했다. 만약 질풍이 결정권자였다면 한 치의 고민 없이 퇴각을 명령했을 것이었다.
 하지만 어디까지나 지금 이 전투의 주재자는 폭풍이었고, 모든 결정은 그가 내려야 했다. 그게 훗날 폭풍조가 받아야 할 상벌(賞罰)의 기준이었으니까.
 자신의 부조장 넷을 모두 잃은 폭풍 또한 익히 그 사실을 잘 알고 있었다. 그는 냉정하게 말했다.
 "퇴각하자."
 일순 질풍이 길게 휘파람을 불었다.
 순간 장예추, 화군악과 한데 뒤엉켜 난전을 펼치던 자들도, 사방에서 날아드는 폭약에 놀라고 당황하여 어찌할 바 몰라 하던 자들도 빠르게 태세를 전환하여 삼풍조장들에게로 집결했다.
 동시에 삼풍조장은 일제히 숲 안쪽으로 몸을 날렸다. 아니, 몸을 날려 도주하려 했다.

그러나 그들은 제자리에서 움직일 수가 없었다. 그들이 지면을 차고 도약하려는 순간, 감당할 수 없는 압박감이 그들을 향해 휘몰아쳤던 까닭이었다.

　맹렬한 바람이 불지도 않았는데 주변 아름드리나무들이 우우우! 소리를 내며 사시나무처럼 흔들렸다.

　산천초목(山川草木)이 떨기 시작했다. 마치 지진이라도 인 듯 지면조차 흔들리고 흙탕물의 파문이 사방으로 퍼져 나갔다.

　그러고는 나무들 사이에서, 수풀 사이에서 엄청난 수의 무리가 천천히 모습을 드러냈다.

　바로 소림사 승려들이었다.

　숲 안쪽으로 모습을 드러낸 수천에 달하는 소림사 중들은 삼풍조와 강만리 일행을 크게 에워싸며 겹겹의 포위망을 형성했다. 그 맨 앞쪽 포위망을 치고 있는 중들의 수는 정확하게 백팔 명.

　그 느닷없는 소림사 무리의 출현에 놀란 건 삼풍조뿐만이 아니었다. 강만리도 장예추도 화군악도, 심지어 담우천도 의외라는 표정을 띠며 그들을 둘러보고 있었다.

　"화평장 형제들은 한쪽으로 비켜 주시오."

　첫 번째 포위망을 형성한 중들 중 누군가가 나지막한, 하지만 막강한 내공이 실린 목소리로 말했다.

　장예추와 화군악은 빠르게 몸을 날려 강만리에게 달려

가 그를 부축했다.

강만리는 반사적으로 그들을 향해 주먹과 야우린을 휘둘렀다. 장예추가 야우린을 낚아채는 동안 화군악이 그의 주먹을 가볍게 잡으며 말했다.

"저희들입니다, 형님. 군악과 예추예요."

강만리는 그제야 눈을 끔뻑이며 그들을 돌아보았다. 하지만 여전히 강만리는 그들을 알아보지 못하는 듯한 표정이었다.

화군악이 재차 입을 열었다.

"군악입니다, 형님. 우리를 알아보시겠어요? 몸은 괜찮으세요?"

잠시 멀뚱거리며 화군악을 쳐다보던 강만리는 그의 걱정스러운 물음에 고개를 끄덕이는 것으로 대신했다.

그 모습을 본 화군악은 겨우 안도의 한숨을 내쉬며 몇 마디 농을 던지려다가 이내 마음을 바꾸고는 곧바로 강만리를 부둥켜안은 채 담우천이 우뚝 서 있는 곳으로 날아갔다.

만해거사와 진재건, 담호와 소자양 또한 황급히 담우천을 향해 모여들었다.

그렇게 화평장 사람들이 한쪽으로 비켜나자 백팔 명으로 이뤄진 포위망은 순식간에 좁혀지며 삼풍조를 에워쌌다.

그 움직임은 한없이 부드럽고 여유가 넘쳐흘렀지만, 삼풍조 사람들은 그들이 접근하는 동안 한 치도 움직일 수가 없었다. 마치 보이지 않는 거미줄이 그들 주위를 꽁꽁 에워싼 듯 그 자리에서 한 걸음도 뗄 수가 없었던 까닭이었다.

'백팔나한진(百八羅漢陣).'

폭풍이 이를 악물었다.

만약 지금 허공 높은 곳으로 날아올라서 밑을 내려다볼 수만 있다면, 삼풍조를 에워싼 백팔 명의 포위망 형태가 만자(卍字) 모양을 그리고 있다는 사실을 한눈에 볼 수 있을 터였다.

만(卍)이라는 글자의 정중앙에 적을 가둬 둔 채 마치 수레바퀴처럼 만(卍)의 획들이 우측으로 혹은 좌측으로 계속 이동하기를 반복하면서 적을 섬멸하고 주살하는 진법(陣法), 바로 그게 백팔나한진의 묘용이었다.

게다가 지금 펼쳐진 백팔나한진은 하나가 아니었다. 삼풍조를 포위한 백팔 명의 뒤에는 다시 세 개의 백팔나한진이 에워싸고 있어서, 삼풍조의 도주로를 차단하는 것은 물론 언제든지 첫 번째 백팔나한진과 교체를 할 준비를 이미 끝낸 후였다.

첫 번째 백팔나한진의 운용(運用)을 맡은 대사가 다시 한번 소리쳤다.

"본사의 형제를 암습하여 살해한 죄, 죽음으로 갚아야 할 것이다!"

폭풍이 휘몰아치고 벼락이 내리치는 듯했다.

도저히 한 사람의 사자후라고 생각할 수 없는, 백팔 스님들의 내공을 한데 실어 내뱉는 듯한 거대한 울림이 숲 전체에 쩌렁쩌렁 울려 퍼졌다.

"젠장."

질풍이 나지막하게 중얼거렸다.

"소림사 전원이 나설 줄이야……."

미처 몰랐다.

너무 얕봤다.

애당초 안일한 작전이었다.

소림사의 혜자급 대사를 암살하면서 그들이 이렇게까지 나올 줄 전혀 예상하지 못했던 건 그야말로 오만하고 어리석은 착각이었다.

현일성승과 현오성승을 잃고서도 여전히 숭산 소실봉 한 귀퉁이에 숨어 지내듯 살아온 소림사였기에, 이번에도 당연히 마땅한 대응을 하지 못하리라 생각한 것 또한 한없이 얕기만 한 발상이었다.

잠자고 있다고 해서 사자(獅子)가 아닌 건 아니었다.

웅크리고 있다고 해서 호랑이의 흉포함이 사라지는 것도 아니었다.

태극천맹과 오대가문의 위세에 눌려 이제는 보잘것없는 일개 문파에 불과하다고 여긴 건, 그야말로 소림사가 어느 곳인지 어떤 곳인지 전혀 알지 못했기 때문이었다.

왜 소림사가 무림의 태산북두인지, 왜 소림사가 천하제일문파인지 전혀 모르고 있었던 까닭이었다.

한편 화군악과 장예추의 도움을 받아 한쪽 구석으로 밀려나 있던 강만리는 그제야 겨우 한숨을 돌린 듯 길게 숨을 내쉬었다.

조금 전까지만 하더라도 쉴 새 없이 꾸역꾸역 입 밖으로 밀려 나오던 검붉은 울혈(鬱血)도 더는 흘러나오지 않았다. 그는 조금 전보다 또렷하고 초점이 잡힌 눈빛으로 주위를 두리번거리며 입을 열었다.

"어찌 된 상황이냐? 놈들은 왜 안 보이지?"

그를 부축하고 있던 화군악은 인상을 찡그렸다. 가슴이 찢어지는 것 같았다. 아무래도 삼풍조 세 조장과의 격전에 잠시 기억을 상실한 모양이었다.

"그들은 지금 소림사 스님들이 펼친 백팔나한진에 갇혀 있습니다."

화군악과 함께 강만리를 부축하고 있던 장예추가 침착하게 현재까지의 상황을 설명했다.

"담 형님이 네 명의 부조장급 인물들을 해치웠고, 축융문의 폭약으로 십여 명의 적을 죽였습니다. 그리고 소림사에서 천 명이 넘는 스님들을 보냈습니다."

강만리는 천천히 주위를 둘러보다가 희미하게 미소를 지었다. 입가에 묻은 핏물 사이로 유난히 그 미소가 하얗게 빛났다.

"생각대로다."

강만리는 고개를 끄덕이며 힘없는 목소리로 말했다.

"우리가 혜담대사의 복수를 하겠다고 천명한 이상, 아무리 웅크리고 잠들어 있던 소림사라 할지라도 가만히 있을 수는 없을 테니까. 이번에야말로 소림사의 콧털을 건드린 놈들을 용서하지 않겠다는 심정과 각오로 나올 게 분명했으니까."

장예추는 살짝 놀랐다.

'아, 그래서 굳이 혜담 대사의 복수를 우리가 하겠다는 말을 꼭 전하라고 하신 게로구나.'

그제야 그 전언의 의미를 제대로 알게 된 장예추는 강만리를 따라 고개를 끄덕이며 말했다.

"형님 생각대로 진행되고 있습니다. 아마 그 결과도 형님 예상대로 끝나겠지요. 그러니 이제 이곳은 우리에게 맡기시고 잠시 편히 쉬시기 바랍니다."

장예추는 그렇게 말하면서 강만리의 수혈을 짚었다. 막 입을 열려던 강만리가 그대로 잠들었다. 뒤이어 장예추는 만해거사를 돌아보며 부탁했다.

"내상이 꽤 심각해 보입니다. 또한 잠시 기억을 잃은 것도 같고요. 잘 좀 돌봐 주십시오."

"알겠네."

만해거사가 고개를 끄덕이며 강만리를 건네받았다. 그러고는 진재건과 소자양의 도움을 받아 강만리를 숲 외진 곳으로 데리고 간 다음, 화평신단을 먹이는 등 빠르게 치료를 시작했다.

잠시 그 광경을 지켜보던 장예추는 문득 거대하고 엄청난 기(氣)가 한데 모여 소용돌이치는 듯한 느낌에 황급히 고개를 돌렸다.

삼풍조를 포위하고 있던 스님들이 소리 없이 흙탕물을 밟으며 움직이고 있었다. 그들이 내뿜는 내공과 투기와 기세가 하나로 뭉쳐서 마치 거대한 소용돌이처럼 변하고 있었다.

백팔나한(百八羅漢)이 펼치는 만자진(卍字陣)이 운용되기 시작한 것이었다.

놀랍게도 태풍의 눈은 조용하고 바람이 없다고 했다. 소용돌이의 한가운데 또한 외려 흔들림이 없고 고요하다고 했다.

하지만 만자진의 정중앙은 전혀 달랐다.

그 정중앙에 위치한 삼풍조 사람들은 주위를 소용돌이치며 칼날같이 파고드는 투기(鬪氣)에 옷이 찢어지고 머리카락이 봉두난발로 변했다.

 제대로 싸움이 벌어지기도 전에 삼풍조원들은 그 막강하고 압도적인 압력에 짓눌려 숨조차 쉬기 어려웠다. 마치 백 갑자가 넘는 내공의 물결이 사방에서 들이닥치는 듯했다.

 '어떻게 해야 하지? 어떻게 싸우지?'

 폭풍은 이 규격 외의 상황에 크게 당황하였다.

 싸워 보지 않아도, 본능적으로 알 수 있었다. 저 거대한 내기(內氣)의 소용돌이와 싸워서 절대 이길 수 없다는 사실을, 그리고 저 소용돌이를 뚫고 빠져나갈 방법 또한 전혀 없다는 사실을.

 그동안에도 몇몇 부조장들이 지시를 기다리지 않고 앞으로 나섰다가 그 소용돌이에 휘말리며 흔적도 없이 사라졌다.

 빠르게 휘도는 만(卍)의 수레바퀴 속에서 누가, 어떻게, 어떤 방식으로 그들을 향해 공격을 펼치고 협공을 가했는지 전혀 감지할 수가 없었다. 느낄 새도 없었다. 부딪친다 싶은 순간 이미 그 소용돌이 속으로 사라진 후였다.

 이게 백팔나한진이었다. 이게 소림사였다. 이게 천년 세월 동안 무림을 지배하고 강호 위에 군림했던 태산북두의 진정한 모습이었다.

폭풍과 질풍, 그리고 선풍이라면 이른바 강호의 초절정급에 해당하는 고수들이었다. 그런 그들조차 저 해일처럼 밀려들었다가 썰물처럼 빠져나가는 소용돌이를 상대로 어떻게 싸워야 할지 갈피를 잡을 수가 없었다.

게다가 그들은 평소의 상태가 아니었다.

저 빌어먹을 멧돼지같이 생긴 괴물로 인해 다들 이런저런 내상을 입고 있었다. 만반의 상태에서 상대한다고 하더라도 기가 질릴 백팔나한진을, 지금의 몸 상태로는 도저히 감당할 수가 없었다.

'빌어먹을! 이제 어찌해야 한담?'

백팔나한진의 위용에 놀라고 겁을 집어먹은 폭풍이 전혀 다음 대책을 강구하지 못하고 있을 때였다.

"모두 퇴각한다! 각자 살길은 알아서 뚫어라!"

질풍이 크게 소리쳤다.

동시에 그는 지면을 박차고 허공 높이 몸을 솟구쳤다. 전후좌우(前後左右) 사방이 막혀 있었으니 퇴로는 오로지 허공뿐이라고 생각한 것이었다.

그 뒤를 따라 선풍도 허공 높이 날아올랐다. 순식간에 그들의 신형은 삼 장 높이까지 솟구쳤다.

'빌어먹을!'

졸지에 질풍에게 명령권을 빼앗긴 폭풍도 이를 악물며 지면을 박찼다. 그 또한 질풍과 선풍처럼 이곳을 빠져나가기로 한 것이었다.

그랬다. 지금 이 상황에서 백팔나한진과 싸운다는 건 자살과 다름없었다.

살아남을 사람은 살아남아야 했다. 도망칠 사람은 도망쳐야 했다. 귀환해서 그 어떤 욕을 먹고, 벌을 받더라도 반드시 살아남아야 했다.

그렇게 세 명의 조장이 밤하늘 높이 솟구쳤을 때였다.

"어딜!"

담우천이 그 허공을 향해 무형의, 무영의 창을 던졌다. 동시에 화군악이 태극혜검의 일격, 호선의 검격을 날렸다. 또한 장예추의 두 손목에서 두 개의 투명한 고리가 발출되어 허공을 긋고 날아갔다.

그게 끝이었다.

사냥꾼의 발걸음에 놀라 푸드덕 날아오른 세 마리의 야조(夜鳥)가 저 허공 높은 곳에서 날개를 접고 추락하는 광경이 어둠 속에서 펼쳐졌다.

담우천과 장예추와 화군악이 전력으로 쏘아낸 강기는 이미 강만리에 의해 내상을 입은 조장들이 막아 낼 위력의 일격들이 아니었다.

그렇게 세 명의 조장이 추락하는데도 소리 한 점 들리지 않았다.

당연했다. 목에 구멍이 나고, 허리가 양단되고, 목이

떨어져 나간 자들이 내지를 비명은 없었으니까.

3. 혈맹(血盟)

 죽은 듯 잠든 듯 한없이 웅크려 있었으나, 그들은 절대 죽은 것도 잠든 것도 아니었다. 외려 언제든지 일어나 그 사자와 같은 용맹함과 호랑이 같은 위엄을 보여 주기 위해 발톱을 다듬고 갈고 있던 게 바로 그들이었다.
 정사대전 당시 수많은 제자들이 목숨을 잃었다. 특히 공자급에 해당하는 고수들의 죽음은 소림사에게도 큰 치명상이 되었다.
 거기에 소림오로 중 남아 있던 세 명의 성승마저 죽거나 내공을 잃게 된 상황에서, 그들은 무작정 일어서는 것 대신 내실을 다지고자 안으로 웅크렸다.
 그들은 한두 명의 초절정고수가 아닌 백여 명의, 천여 명의 고수를 만들어 내고자 하였다.
 한두 명이, 십여 명이 죽는다고 해서 흔들리고 무너지기는커녕 오히려 더 단단하고 굳건하게 힘을 합쳐 싸울 수 있는 소림사가 되고자 했다.
 뿌리는 단단하고, 줄기는 두꺼워서 아무리 거세고 험악한 폭풍을 만난다고 할지라도 한 치의 흔들림 없이 버텨

내는 힘을 갖고자 하였다.

그래서 소림사는 혜자배를 중심으로 정자배와 희자배 스님들의 무위를 향상시키는 것에 모든 힘을 아끼지 않았다. 대환단과 소환단을 아낌없이 풀어서 모든 제자들의 내공을 높였으며 장경각의 무공 또한 적성에 맞는 자들에게 골고루 나눠 주었다.

정사대전이 막을 내린 지도 벌써 이십여 년. 그동안 외부에서 본 소림사는 이빨 빠진 호랑이요 갈기 잃은 사자였다.

소림사가 불타는 일이 벌어졌음에도 불구하고 발본색원(拔本塞源)하지 않았으며, 소림의 제자가 납치를 당하고 성승들이 죽거나 강시가 되었음에도 불구하고 전혀 일어설 기미를 보여 주지 않았다.

그래서였다.

그래서 바로 삼풍조 조장들이 소림사를 깔보고 업신여기며 과소평가했던 것이었다.

자신들이 소림사 제자 몇몇을 죽이더라도 절대 소림사는 복수하지 않을 것이다, 분노하지 않을 것이다, 라고 오판한 이유가 바로 거기에 있었다.

사실 소림사 중진 중 일부-강만리가 제안한 연대를 반대하던 자들-는 이번에도 참고 넘어가야 한다고 생각했으며 또 그렇게 주장했다.

아직 일어설 때가 아니라는 게 그들의 지론이었다. 그들은 아직도 부족하다고, 그래서 조금 더 힘을 키우고 모아야 한다고 생각했다.

 산천초목이 벌벌 떨고 오대가문이 바짝 엎드릴 정도의 위세를 보일 수 있어야만 비로소 자리를 박차고 일어날 때라고 여겼다.

 그런 신중론자들의 생각을 부순 게 바로 장예추의 전언이었다.

 −혜담 대사의 복수는 우리에게 맡겨 주십시오.

 그것처럼 소림사의 자존심을 긁는 말이 또 어디 있을까. 그것처럼 체면을 상하게 만드는 말이 또 어디 있을까.

 장예추가 전한 강만리의 말 한마디는 결국 소림사 전체가 일어서는 계기가 되었다.

 그리고 이십여 년 동안 움츠리고 있던 몸을 한 번 일으킨 이상, 그동안 모으고 모았던 모든 힘을 고스란히 내보내기로 작정했다.

 그게 천여 명이 펼치는 백팔나한진의 위용이었다.

 혜자급 대사와 정자급 대사를 주축으로 한 첫 번째 백팔나한진으로 적을 가둔 후, 다시 정자급 대사와 희자급 스님들이 펼친 여덟아홉 개의 백팔나한진으로 여러 겹의 포위망을 형성하여 그 어떤 상황이 일어나도 절대로 적이 빠져나가지 못하도록 포진한 연환백팔나한진(連環百八羅漢陣)!

삼풍조원들은 그 연환백팔나한진을 뚫기는커녕 첫 번째 백팔나한진에 갇혀서 몰살하고 말았다. 이미 조장들이 도주하려다가 목숨을 잃은 상황에서 그들은 체계적으로 싸울 수가 없었다.

그들은 개개인의 능력만으로 백팔나한진과 맞서거나 혹은 탈출하려다가 결국 삼풍조 모두가 죽는 것으로 그 처참한 최후를 맞이하게 되었다.

그렇게 삼풍조를 몰살한 소림사 승려들은 곧 거대한 구덩이를 파서 시신들을 묻고 합장하며 염불을 외웠다.

죽은 자들의 극락왕생(極樂往生)을 기원하는 왕생주(往生呪)가 목탁 소리와 함께 비바람을 뚫고 소실봉 전역에 메아리쳤다.

* * *

허식(虛飾)이라고 할 수도 있는 일이었다.

굳이 손가락을 깨물어 피를 낸 다음 그 피를 사용하여 이름을 적는 건 무식한 일일지도, 자칫하면 꼬리를 밟히는 일이 될지도 몰랐다.

 하지만 누군가에는 반드시 있어야 할 증명이 될 수도 있었다. 두 눈으로 직접 보고 확인해야만 믿는 자들에게 보여 줄 근거일 수도 있었다.

 그래서 공허 대사는 손가락에 피를 내어 글을 적었다.

–소림사 삼십육대(三十六代) 장문인(掌門人) 공허(空虛)

 그 옆으로 안색 파리하고 병색이 완연한 강만리가 힘겹게 피를 내어 글을 적었다.

–화평장(和平莊) 제일장주(第一莊主) 강만리

 사실 강만리는 제 이름을 적을 생각이 없었다.
 어쨌든 화평장 장주들 중 가장 나이가 많고 무위가 높으며 서열이 앞선 자는 담우천이었고, 그러니 당연히 담우천이 제일장주가 되어 그 혈판장(血判狀)에 이름을 적어야 한다고 생각했다.
 그러나 다른 형제들의 생각은 전혀 달랐다.
 "화평장의 주인은 형님이십니다."
 "자네가 우리를 대표하는 게 옳다. 게다가 가장 귀찮고 힘든 일은 역시 자네가 맡아야 하니까."

"담 형님 말씀이 맞습니다. 우리는 그렇게 나서서 사람들을 설득하고 규합하고 하는 거, 적성에 맞지 않으니까요."

형제들은 그렇게 이야기하며 강만리를 재촉했다.

결국 강만리는 형제들의 강권을 이기지 못하고 혈판장 두 번째 자리에 제 이름을 써야만 했다.

"이것으로 우리는 피를 맺은 맹우(盟友)가 되었소."

공허 대사는 차분한 어조로 입을 열었다.

"그리고 이 맹서(盟誓)는 우리의 목적이 이뤄질 때까지 유효할 것이오. 세상 사람들이 뭐라고 말하든, 강호 무림인들이 어떻게 나오든 우리의 신뢰는 흔들림이 없을 것이며 우리의 맹세는 꺾이지 않을 것이오. 소림사의 공허가 부처님 앞에서 약속드리는 바이오."

강만리는 이때 머리가 어질어질하고 정신이 혼란스러웠지만 애써 집중하여 화답하듯 말했다.

"본 화평장은 맹우인 소림사에 누가 되지 않도록, 하늘을 우러러 한 점 부끄러움 없이 행동할 것입니다. 비록 세상 사람들이 몰라 주고, 강호 동도에게 손가락을 받을지언정 절대 맹우를 배신하거나 실망시키지 않을 것입니다. 화평장의 강만리가 천지신명(天地神明)…… 아니, 부처님 앞에서 맹세합니다."

말을 마친 강만리는 화군악과 장예추의 부축을 받으며 자리에서 일어났다. 동시에 공허 대사, 그리고 방장실에 모여 있던 모든 이들이 자리에서 일어나 서로 마주 보며 포권을 취하고 반장을 취했다.
 그것으로 소림사와 화평장의 혈맹(血盟)이 맺어졌다.
 비록 석 잔의 술이 아니더라도, 그 술잔에 피를 내어 함께 마시지 않더라도 이제 그들은 경천회의 괴멸과 오대가문의 몰락이라는 목적 아래 하나가 되었다.

 날이 밝으면서 비가 개기 시작했다.
 혈맹식이 끝나자마자 강만리는 혼절하듯 쓰러졌다. 불굴의 의지로 참고 있던 내상이 도진 것이었다.
 강만리는 곧바로 소림사 약당으로 옮겨졌다.
 새로운 약당주는 만해거사의 화평신단을 보고 매우 놀라고 감탄했다. 만해거사는 어깨를 으쓱거리다가 문득 무슨 생각이 들었는지 길게 한숨을 쉬며 중얼거렸다.
 "공초 대사께 자랑하고 싶었는데 말이지."
 공초 대사는 전대 약당주로, 강시독에 중독되어 죽어가던 장예추들을 발견하고 그들을 치료했던 인물이었다. 또한 그보다 훨씬 오래전부터 만해거사, 아니 독응의선과 교감을 나누고 연을 쌓았던 인물이기도 했다.
 "어쨌든 화평신단의 약효가 워낙 뛰어나 완쾌까지는

생각보다 그리 오랜 시간이 걸리지 않을 것 같습니다. 본 약당에서도 대환단을 비롯하여 할 수 있는 모든 의술을 동원하여 최대한 빨리 강 장주를 치료하겠습니다."

공초 대사의 뒤를 이어 새로운 약당주가 된 혜민(慧民) 대사는 정중하게 말했다. 만해거사도 고개를 끄덕이며 말을 받았다.

"큰일을 할 사람이오. 부디 잘 돌봐 주시기 바라오."

"염려하지 않으셔도 됩니다."

만해거사는 혜민 대사의 배웅을 받으며 약당을 빠져나왔다. 건물 밖 앞마당에서 초조하게 기다리고 있던 사람들이 만해거사를 보고는 앞다퉈 다가섰다.

"어떻답니까, 사부?"

화군악의 질문에 만해거사는 두 눈을 부릅떴다.

"허어! 내 말은 믿지 않고 소림사 약당 말은 믿으려 하는 게냐? 내가 소림사 약당보다 실력이 뒤처진다고 생각하는 게냐?"

"아니, 아닙니다, 사부. 그럴 리가 있겠습니까?"

화군악이 재빨리 웃으며 도리질했다.

"단지 병은 될수록 여러 의생에게 보이라는 말도 있잖습니까? 그런 의미에서 소림사 약당의 의견도 듣고 싶었던 겁니다. 어디 세상에 사부의 의술을 따라잡을 사람이 있겠습니까? 아무리 소림사 약당이라고 하더라도 말입니다."

화군악의 아부가 마음에 들었는지 아니면 이 정도에서 끝내는 게 좋겠다고 생각했는지, 만해거사는 "허험." 하고 헛기침을 하며 입을 열었다.

"하기야 네 녀석 말대로 병은 여러 의생에게 보이는 게 나으니까. 뭐 소림사 약당 의견도 나와 그리 다르지 않더구나. 열흘에서 보름 정도 푹 쉬면서 좋은 약으로 치료하면 일어날 수 있을 거라고 하니까 말이다."

"흐음. 열흘에서 보름이라……."

담우천이 턱을 매만지며 중얼거렸다.

"생각보다 나쁘지는 않지만, 그래도 계획대로 구파일방과 신주오대세가의 이름을 저 혈판장에 올리기 위해서는 상당히 바쁘게 움직여야 할 텐데."

화군악이 기회다 싶었는지 재빨리 말했다.

"아예 이참에 싹 다 미루죠, 뒤로. 어쨌거나 강 형님이 없으면 구파일방이나 신주오대세가를 설득하는 일 자체가 어렵지 않겠습니까?"

"무당파에 들리기 싫어서 그리 말하는 거겠지?"

"아뇨, 무슨 말씀이십니까? 만해 사부, 저는 그저 강 형님이 빠르게 쾌차하셔서 그 중차대한 일들을 다시 맡을 때까지만 기다리자는 겁니다."

"흠. 그럴 수는 없을 것 같다."

"왜요, 담 형님?"

"그야 자신들이 보낸 자객이 몰살당한 걸 알게 되면 천예무나 종리군이 가만히 있지는 않을 테니까."

"아, 그야……."

"그들은 이번에 반드시 우리를 모두 죽이겠다는 생각으로 자객을 보냈을 것이다. 또 그럴 만한 자신감이 있었겠지. 하지만 외려 그렇게 자신만만하게 보낸 자객들이 몰살당한 이상, 그들의 경각심은 더 커질 게 분명하다."

"맞습니다. 이대로 가만히 우리를 놔두었다가 더 세력이 커지고 무위가 높아지기라도 한다면 큰일이라고 생각할 겁니다. 그전에 어떻게든 우리를 처치하려고 들 게 분명하고요."

"그래. 예추 말이 옳다. 그러니 우리는 최대한 빠르게 움직여서 저들의 추격을 따돌려야 한다. 동시에 혈판장에 이름을 하나씩 추가하면서 말이다."

"에이. 굳이 그럴 필요가 있어요, 어디? 그 삼풍조인가 뭔가 보셨잖아요? 우리 상대가 되지 않는 거. 놈들이 두려워서 도망 다닐 필요가 없다고요."

화군악은 어깨를 으쓱이며 말을 이었다.

"게다가 놈들이 가장 자신하고 자랑하는 놈들마저 몰살시켰으니 이제 더는 내놓을 패가 없을 겁니다. 오히려 우리가 놈들을 기습하여 해치우는 게, 일일이 구파일방과 신주오대세가를 찾아다니면서 설득하는 것보다 훨씬 빠르고 단순하며 확실한 해결 방법이라고 생각하는데요."

"물론 네 말에도 일리가 있다. 우리가 직접 움직여서 천예무나 종리군을 암살하는 것처럼 간단하고 단순한 해결 방법은 확실히 없겠지."

"그러니까요."

"하지만 말이다."

담우천은 여전히 무표정한 얼굴로 말했다.

"지금 너는 크게 간과하고 있는 게 두 가지가 있다."

"그게 뭡니까?"

화군악의 눈이 휘둥그레졌다.

6장.
해검(解劍)

"세상 모든 건 공평하게 나뉘어 있는 법이다.
음(陰)이 있으니 양(陽)이 있고, 선(善)이 있으니 악(惡)이 있는 법이다.
어둠[暗]이 있으니 밝음[明]이 있는 것이다.
그것들은 처음부터 끝까지 공평하게 나뉘어 있어서
어느 한쪽으로 기울지도 않고,
어느 한쪽이 우세하지도 않다."

해검(解劍)

1. 간과(看過)한 두 가지

"그들을 죽여 봤자 아무런 해결이 되지 않는다는 게 바로 네가 첫 번째로 간과하고 있는 부분이다."

담우천의 말에 화군악이 고개를 갸웃거렸다.

"왜 해결이 되지 않습니까? 천예무와 종리군을 해치운다면 남은 건 오합지졸뿐인데요."

"우선 놈들이 숨어 있는 곳을 찾아서 죽이는 것도 문제이겠지만."

담우천은 천천히 말했다.

"그래도 어쩌면 네 말대로 놈들을 암습하여 죽일 수도 있을 것이다. 천예무 혹은 종리군 혹은 두 사람 모두 죽이는 것도 가능할지 모른다."

 담우천의 말에 화군악은 물론 다른 사람들 모두 귀를 기울였다.

 날이 밝은 아침. 이미 비는 그치고 처마 끝에서 뚝뚝 떨어지는 물방울만이 사찰의 고요한 정적을 깨는 가운데, 담우천의 묵직하고 낮은 목소리가 계속해서 이어지고 있었다.

 "하지만 우리가 죽일 수 있는 건 오직 그들뿐이다. 경천회에 또 누가 있는지 전혀 모르고 있으니까. 그러니 그들을 죽인다고 해서 끝나는 게 아니다. 외려 경천회에서 살아남은 자들은 더욱더 깊은 곳으로 숨어들 것이고, 그렇게 되면 더더욱 우리는 놈들을 찾기 어려워질 게 분명하다."

 화군악은 이해가 간다는 듯 고개를 끄덕이며 말했다.

 "흐음. 그래서 천예무와 종리군을 암살한다고 해도 해결이 되지 않는다는 거로군요. 경천회에는 여전히 누군가 남아 있을 테니까요."

 "그것도 그렇지만."

 담우천은 고개를 저었다.

 "보다 더 중요한 건 그게 아니다. 지금 상황에서 우리가 그들을 암살했다고 가정해 보자. 과연 강호 무림인들은 우리를 어떻게 생각할까?"

담우천의 물음에 화군악의 눈살이 찌푸려졌다.

가뜩이나 무림의 공적으로 규탄을 받고 있는 상황이었다. 무림십왕 중 한 명인 전왕 한백남 같은 경우에는 공식적으로 무림 고수들을 규합하여 그들의 뒤를 쫓고 있지 않던가.

그런 와중에 아무런 상황 설명 없이, 그야말로 느닷없이 건곤가의 가주 천예무를 살해한다면 그때는 완벽한 무림 공적이 되어 평생을 무림인들에게 쫓겨 다닐 게 분명했다. 무림오적은 물론이거니와 화평장 식구들, 그리고 그들의 아들딸까지.

담우천은 화군악이 아무런 말을 하지 못하자 고개를 끄덕이며 입을 열었다.

"그러니 놈들을 해치울 때 해치우더라도 먼저 여론을 우리 편으로 바꿀 수 있는 만반의 준비부터 해 둬야 한다는 게다. 그리고 그게 네가 간과하고 있는 첫 번째 사실이고."

화군악은 멋적은 표정을 지으며 물었다.

"그럼 두 번째는요?"

"새외팔천이다."

담우천은 힐끗 소림사를 둘러보며 말을 이어 나갔다.

"종리군이 계획하고 있는 새외팔천의 연합 공격을 막기 위해서는 우리 힘만으로는 역부족이니까."

"그럼 소림사나 구파일방, 그리고 신주오대세가를 설득하고자 하는 건 역시……."
"그래. 그들로 천예무나 종리군의 경천회를 막으려는 게 아니지. 새외팔천의 준동을 대비하고 그들의 기습을 막아 내고자 하는 게, 나는 만리의 진정한 계획이라고 생각한다."
"그렇군요. 하기야 비록 우리가 여진의 준동을 막기는 했지만 그렇게 일일이 새외팔천 모든 곳을 돌아다니면서 그들을 하나하나 물리칠 수는 없는 노릇이니까요."
"하지만 새외팔천이 대륙으로 쳐들어온다면 태극천맹이나 오대가문도 가만히 있지는 않을 텐데요? 어쨌든 그들도 강호인이고 이 나라 사람들인데, 설마하니 외적의 침입을 가만히 눈 뜨고 지켜볼 리는 없잖겠습니까?"
가만히 듣고 있던 진재건의 물음에 담우천이 대답했다.
"이미 그쪽에 작업을 해 뒀겠지, 종리군이나 천예무가. 그게 어떤 방법인지는 모르겠지만…… 그 정도도 생각하지 않고 움직일 자들이 아니니까."
장예추가 동의한다는 듯 고개를 끄덕이며 입을 열었다.
"또 어쩌면 그들 또한 경천회와 공범일 수도 있겠습니다. 그럴 가능성도 있다는 걸 염두에 두어야 합니다."

"그래야겠지."

담우천도 고개를 끄덕이며 말을 이었다.

"그러니 구파일방과 신주오대세가를 방문하는 일은 최대한 빨리 끝내야 한다는 게다. 언제 새외팔천이 준동할지는 아무도 모르니까 말이지. 다시 말하자면……."

그는 약당을 힐끗 돌아본 후 다시 화군악을 바라보며 말을 맺었다.

"만리가 완쾌될 때까지 기다릴 여유가 없다는 뜻인 게지."

화군악의 얼굴이 살짝 붉어졌다. 하지만 그는 이내 호탕하게 웃으면서 말했다.

"하하하! 제가 언제 늦장 부리자고 했습니까? 그저 강 형님의 상태가 상태이니만큼 하루 이틀 경과를 지켜본 후 바로 떠나자는 말씀을 드리려 했을 뿐입니다."

그의 머쓱한 변명에 사람들은 피식 실소를 흘리며 고개를 절레절레 흔들었다.

* * *

결국 두 무리로 나눠 움직이는 것으로 결론이 났다.

강만리가 정신을 차리고 회복하여 자리에서 일어날 때까지 그를 돌보고 지키면서, 한편으로는 소림사에 머무르면서 그들의 웅혼한 기상과 장중한 기운을 보고 배울 수 있도록 만해거사와 소자양, 진재건, 그리고 담호가 남아 있기로 하였다.

 그동안 담우천과 화군악, 장예추는 무당파에 들르고, 또 시간이 되는 대로 사천당문까지 찾아가서 그들 장문인이 혈판장에 서명할 수 있도록 만들기로 하였다.

 "그럼 성도부에서 뵙겠습니다."

 담우천은 만해거사에게 작별 인사를 고했다.

 그들이 무당파와 사천당문을 들렀다가 성도부에 들어설 즈음이면, 치료를 마친 강만리가 남아 있던 일행과 함께 소림사를 떠나 성도부에 도착할 날과 얼추 맞아떨어질 터였다.

 물론 그건 만약 강만리가 깨어 있었더라면 끝까지 반대할 계획이기는 했다.

 -안 돼. 성도부는 절대 들를 이유도, 필요도 없다고. 괜히 우리가 십삼매의 뒤치다꺼리를 해 줄 이유가 어디 있어?

 아마도 강만리는 그렇게 말하며 끝까지 고집을 부렸을 것이다.

 하지만 담우천의 생각은 달랐다.

 "아직 그녀와 척을 질 단계는 아니니까. 아직은 그녀와 황계를 이용할 일들이 많이 남아 있으니까. 그러니 그들의 도움을 받기 위해서라도 그녀의 부탁을 들어줘야 하지 않겠나? 난 그리 생각하네."

담우천의 말에 장예추와 화군악은 고개를 끄덕였고, 만해거사는 잘 모르겠다는 듯 두 손을 들었다. 진재건은 아무런 말을 하지 않았다.

그렇게 강만리가 알게 되면 펄쩍 뛸 법한 여정이 만들어진 것이었다.

"강 숙부와 만해 사부를 잘 돌봐 드려야 한다."

만해거사와 작별 인사를 마친 담우천은 문득 아들 담호를 돌아보며 그렇게 당부했다.

"명심하겠습니다. 아버님도 조심하시기 바랍니다."

담호는 고개를 숙이며 말했다.

담우천은 잠시 고개 숙인 아들을 물끄러미 내려다보다가 문득 헛기침을 하며 혼잣말을 하듯 중얼거렸다.

"몰래 훔쳐보는 건 불법이고 범죄이지만, 또 의외로 대놓고 보는 건 불법이 아니고 범죄도 아니니까."

담호는 일순 어리둥절한 표정을 지었다. 부친이 한 말의 의미를 전혀 알 수가 없었던 까닭이었다.

하지만 담우천은 더 이상 말하지 않고 담호를 지나쳐 진재건과 작별 인사를 나누었다.

담호가 그런 부친을 힐끗거리며 고개를 갸웃거리자, 마침 그와 작별 인사를 나누러 온 장예추가 희미하게 웃으며 입을 열었다.

"한 문파에서 보름 정도 머물다 보면 온갖 것들을 보고 겪게 될 텐데…… 게서 얼마나 얻을 수 있느냐 하는 건 오직 자신의 능력에 달린 문제이겠지. 나도 이곳 소림사에서 지낼 때 꽤 많은 걸 얻을 수 있었단다."

"아……."

담호는 그제야 부친이 남긴 말의 의미를 이해할 수 있었다. 몰래 훔쳐본다는 게 무얼 가리키는 말인지, 또 대놓고 본다는 게 어떤 뜻인지 그제야 알 것 같았다.

그는 활짝 갠 얼굴로 장예추를 바라보며 말했다.

"고맙습니다, 장 숙부."

"그래. 성도부에서 다시 만날 때는 또 얼마나 성장해 있을지 기대되는구나."

장예추는 담호의 어깨를 두드리고는 그를 지나쳐 갔다.

그 뒤를 이어 화군악이 싱글거리며 담호에게로 다가왔다. 그는 담호의 귀에 입을 가져가며 소곤거렸다.

"원래 장난이나 나쁜 짓은 부모 없을 때 해야 하는 법이다. 알겠지?"

담호는 머쓱한 표정을 지으며 말했다.

"소림사에서 할 장난이나 나쁜 짓이 어디 있다고요."

"그러니까 더 즐겁고 재미있는 게다. 잘 찾아보면 반

드시 나올 거다, 소림사이기에 더 즐겁고 재미있는 일들이."

화군악은 손을 뻗어 담호의 머리카락을 한 차례 헤집은 다음 껄껄 웃으며 그의 곁을 떠났다.

그렇게 마지막 인사를 나눈 후, 담우천과 화군악, 장예추는 곧장 소림사를 떠나 무당산으로 향했다.

2. 일흔아홉 번 째다

하남성 소림사에서 남서쪽으로 말을 타고 십여 일 달리다 보면 호광성 북단에 위치한 무당산(武當山)에 당도한다.

담우천 일행은 그 거리를 말도 타지 않은 채 열흘 만에 주파하여 무당산 입구에 당도했다.

이때는 이미 칠월(七月) 초로 접어들어 거의 한여름과 비슷한 날씨였다. 하늘은 한없이 높은 가운데, 햇볕은 뜨거웠고 구름 한 점 없어서 더더욱 무덥게 느껴졌다.

그 입구에 선 화군악은 까마득하게 솟아 있는 기암절봉(奇巖絕峯)을 올려다보며 저도 모르게 한숨을 내쉬었다.

일흔두 개의 봉우리와 서른여섯 개의 절벽, 스물네 개의 계곡과 열한 개의 동굴. 그리고 세 개의 호수와 아홉 개의 샘이 있는 산.

방원(方圓)은 팔백 리에 달하고 높기로는 오백 장이 훨씬 넘는 거대한 면적의 산이 바로 무당산이었다. 그리고 무당파는 무당산의 주봉(主峯)인 천주봉(天柱峰) 끝자락에 자리를 잡고 있었다.

무당파는 소림사와 달리 따로 향화객을 받지 않았다. 그래서인지 천주봉을 오르는 입구에는 오가는 행인의 모습이 전혀 보이지 않았다.

산기슭을 따라 올라가다 보면 너무나도 한적하고 소슬(蕭瑟)해서 살짝 음산한 분위기까지 맴돌고 있었다.

"에휴."

산길을 따라 오르던 화군악이 다시 저도 모르게 한숨을 내쉬었다.

그러자 뒤따르던 장예추가 말했다.

"일흔다섯 번이다."

화군악은 무슨 소리인지 모르겠다는 얼굴로 뒤돌아보며 물었다.

"뭐가?"

"소림사를 떠나서 이곳까지 오는 동안 네가 내뱉었던 한숨이 모두 일흔다섯 번이라는 거야."

"그렇게나 한숨을 많이 쉬었다고, 내가?"

"그래. 뭐, 네가 소피를 보거나 용변을 볼 때 쉬었을 한숨까지 치자면 백 번은 넘었겠지만."

"쳇. 언제 또 그런 걸 다 세고 있었어?"

"심심했으니까. 그리고 재미도 있었으니까."

"참 재미도 있었겠다."

"그렇게 무섭나?"

문득 앞쪽에서 들려온 묵직한 목소리에 화군악은 다시 고개를 돌렸다. 앞서 걷던 담우천이 다시 입을 열었다.

"천하의 화군악조차 그렇게나 많은 한숨을 내쉴 정도로 장인어른이라는 게 무섭고 두려운 존재인가? 미안하지만 나는 장인이 없어서 말이지."

"그게 그러니까요. 에휴."

화군악은 말을 하려다가 저도 모르게 한숨을 내쉬었다.

"일흔여섯 번."

화군악은 장예추를 노려본 다음 계속해서 말을 이어 갔다.

"가뜩이나 양가(兩家)의 축복을 받으며 혼인해도 장인어른이 무섭고 두려운데 말입니다. 하물며 저는 혼인도 하지 않은 상태에서 딸을 임신시켰으니, 게다가 명문 정파라면 치를 떨 야래향의 제자이니, 얼마나 장인어른이 저를 미워하고 싫어하겠습니까?"

"흠. 그래도 이미 딸도 낳았고 또 잘 살고 있지 않나?

제 딸이 행복하게 살기만 한다면야 어떤 아버지가 싫어하겠나? 아무리 생각해 봐도 나는 자네가 괜히, 그리고 미리 겁먹고 있는 것 같네."

"뭐, 그럴 수도 있겠습니다만…… 어쨌든 아마도 장인과 칼부림을 하면서 아내를 납치하듯 데리고 온 사람은 그리 흔치 않으니까요."

"음? 그랬었어?"

"네. 하마터면 무당파 장문인에게 맞아 죽을 뻔했습니다. 제대로 혼인도 하지 못하고요."

"하하하."

담우천이 문득 유쾌하게 웃었다.

순간 화군악과 장예추는 놀란 얼굴로 그를 쳐다보았다. 그가 이렇게 활짝 웃는 모습은 희귀하다 못해 신기할 정도의 일이었으니까.

담우천은 여전히 웃는 낯으로 말했다.

"그런 일이 있었군그래. 흠, 확실히 재미가 있겠군. 자네와 자네의 장인어른께서 과연 어떤 표정을 지은 채 서로의 얼굴을 보게 될지 구경하는 것도 말이지."

"제 말이요."

장예추가 끼어들었다.

화군악은 도끼눈을 한 채 장예추를 노려보다가 "에휴." 하고 긴 한숨을 내쉬었다.

장예추가 말했다.
"일흔일곱 번째다."

　　　　　＊　＊　＊

 천주봉 중턱에 이르면 작은 연못 하나가 있었다.
 그 연못 옆에는 조그만 누각이 있어서 몇몇 도사들이 항시 그곳에 머물며 무당파에 들르는 손님들을 맞이했다.
 무당파를 방문하는 손님들은 그 누각 한쪽에 마련되어 있는 대(臺)에 자신의 병장기를 풀어 두는 것으로 적의(敵意)가 없음을 보여 주었다.
 그 작은 연못을 해검지(解劍池), 그 누각을 해검각(解劍閣)이라 부르는 이유가 바로 거기에 있었다.
 이날 해검각을 지키는 인원은 모두 다섯 명으로 한 명의 청자배(淸字輩) 도사와 네 명의 운자배(雲字輩) 도사가 바로 그들이었다.
 무당파의 항렬자는 도송현진청운(道松玄眞淸雲)으로 무당파의 현 장문인인 진원도장(眞元道長)은 장삼봉 이후 십팔 대 제자였다.
 그리고 청자배 십구 대 제자들은 대부분 사오십 대의 중년, 혹은 초로(初老)의 도사들로, 이미 절정의 경지에 오른 고수들이었다.

"그게 너희들의 문제라는 게다."

해가 중천에 머문 한낮. 이날의 해검각 수좌인 청지(淸池) 도사는 누각에 앉아서 네 명의 제자들을 돌아보며 가르침을 베풀고 있었다.

"세상 모든 건 공평하게 나뉘어 있는 법이다. 음(陰)이 있으니 양(陽)이 있고, 선(善)이 있으니 악(惡)이 있는 법이다. 어둠[暗]이 있으니 밝음[明]이 있는 것이다. 그것들은 처음부터 끝까지 공평하게 나뉘어 있어서 어느 한쪽으로 기울지도 않고, 어느 한쪽이 우세하지도 않다."

이삼십 대로 보이는 네 명의 운자배 제자들은 정신을 집중하여 청지 도사의 말에 귀를 기울였다.

"내공(內功)과 외공(外功) 또한 바로 그러한 이치로 생각하면 되는 게다. 그 둘은 태극(太極)의 문양처럼 서로 균형을 맞춘 채 맞닿아 있으며 서로를 보조하고 보완하는 관계라고 생각해야 한다. 그런데 너희들의 말은 지금 그게 아니지 않느냐?"

청지 도사는 한없이 부드럽고 다정하지만, 엄격함과 매서움이 동시에 담겨 있는 목소리로 말을 이어 나갔다.

"어느 한쪽을 폄훼하는 건 다른 쪽 역시 폄훼하는 일이다. 우리 무당의 내공을 높이기 위해서 소림의 외공을 비하하는 건, 결국 우리 무당의 무공까지 비하하는 일이 되는 게다. 상대의 생각이나 주장을 조롱하고 얕잡아보고 무시하는 건 곧 내 생각과 주장이 조롱받고 얕잡음을 당해도 할 말이 없는 법이다."

거기까지 말한 청지 도사는 힐끗 산 아래를 내려다보고는 다시 말을 이어 나갔다.

"다르다는 게지, 틀리다는 게 아니다. 다르다는 것과 틀리다는 것의 차이를 이해하지 못한다는 건 곧 강호 동도들이나 우리 무당파를 방문하는 청객(淸客)들에게 대한 실례이고 무례가 되는 일이다. 그러니 너희들은 이제 청객들을 맞이할 준비를 하도록 하라."

청지 도사의 말에 네 명의 운자배 도사들은 눈을 휘둥그레 뜨며 산 아래를 내려다보았다. 하지만 누구 한 사람 산길을 따라오르는 이가 보이지 않았다.

운자배 도사들은 살짝 머뭇거리다가 청지 도사를 향해 고개를 숙이며 자리에서 일어났다.

그들이 누각에서 내려와 해검지 앞에 이를 때였다. 그제야 저 산길을 따라 세 명의 사내가 해검지로 오르는 모습이 보였다.

운자배 도사들은 내심 '역시…….' 하는 생각을 하면서 그들을 맞이할 준비를 했다.

운자배 도사들은 이윽고 해검지 앞에 이른 세 명의 사내를 보며 공손하게 손을 모으며 입을 열었다.

"무량수불(無量壽佛). 이렇게 무당을 방문해 주셔서 감사합니다."

"어느 방면의 호걸(豪傑)들이신지요?"

그러자 세 사내 중 두 명, 그러니까 담우천과 장예추가 대답 대신 화군악을 돌아보았다. 화군악은 여든여덟 번째의 한숨을 내쉬며 앞으로 걸어 나와 포권의 예를 취했다.

"사천 성도부 화평장의 화군악이라고 합니다. 오래간만에 장인어른을 뵈러 찾아왔습니다."

일순 네 명의 운자배 도사들의 눈이 동그랗게 변했다.

"장인어른이라니요?"

"설마 뭔가 잘못 아시고 찾아오신 건……."

그때였다. 누각에 홀로 서서 그 광경을 지켜보던 청지 도사가 훌쩍 몸을 띄우더니 운자배 도사들 앞으로 날아내렸다.

그 부드러우면서도 우아한 경공술을 보건대 이 청지 도사의 무위가 어느 정도인지 익히 알 수 있었다.

소리 없이 지면에 착지하자마자 청지 도사는 손을 모으며 가볍게 고개를 숙였다.

"알고 보니 화 공자이셨구려. 정말 오래간만에 뵙소이다."

하지만 화군악은 눈을 멀뚱거렸다. 그가 누구인지 전혀

모르는 까닭이었다.

3. 고수는 고수를 알아보는 법

'그러니까 누구더라……'
화군악은 잠시 청지 도사를 확인하다가 뒤늦게 활짝 웃으며 허리를 숙였다.
"아, 청지 도사이셨군요! 정말 반갑습니다. 그동안 더 젊어지셔서 전혀 몰라뵈었습니다."
"허허허. 아직도 그 입담은 여전하시구려. 그래, 청흔 사매는 잘 지내는지요?"
청흔(淸欣)은 화군악의 아내 정소흔의 도명(道名)이었다. 화군악이 웃으며 대답했다.
"딸아이와 잘 지내고 있습니다."
"아, 딸을 낳으셨다는 소식은 전해 들어 알고 있습니다. 이름이…… 소군(素君)이라고 했죠, 아마?"
"그렇습니다. 이제 세 살입니다. 아주 쉬지 않고 재잘거리는 것이 꼭 병아리 같아서 귀엽기도 하고 힘들기도 하답니다."
"허허. 한번 꼭 보고 싶구려."
청지 도사는 웃으며 그렇게 말했다.

화군악은 과거 무당파에 머물 무렵 청지 도사와 몇 차례 짧게나마 대화를 나눠 안면이 있었다. 워낙 성정(性情)이 바르고 도량(度量)이 넓어서 '참 재미없는 말코 도사구나.'라고 생각하던 인물이기도 했다.

"장문인을 뵈러 오셨다고요?"

청지 도사의 본론에 화군악이 고개를 끄덕였다.

"그렇습니다. 오래간만에 장인어른을 뵙고 인사도 드릴 겸 또 나눌 이야기가 있어서요."

"바로 전하겠소이다. 그런데 그 두 분께서는……."

청지 도사는 화군악의 뒤에 서 있던 담우천과 장예추를 바라보며 말꼬리를 흐렸다.

화군악이 웃는 낯으로 그들을 소개했다.

"제 의형제들입니다. 이쪽은 큰형님뻘인 담 형님이시고, 이쪽은 장 아우입니다."

담우천과 장예추는 화군악의 소개에 맞춰 포권을 취하며 인사했다.

청지 도사가 아는 척하며 말했다.

"아, 원래 담 대협과 장 공자이셨구려. 만나서 반갑소이다. 그럼 먼저 병장기를 푸셔서 이쪽에 걸어 주시기 바라외다."

청지 도사는 해검각을 가리켰다.

담우천과 장예추, 그리고 화군악은 거리낌 없이 검들을

풀어 해검각의 대에 걸어 두었다.

그 광경을 지켜보던 청지 도사의 눈이 커지면서 저도 모르게 마른침을 꿀꺽 삼켜야만 했다.

'저 검(劍)들은…….'

놀라운 일의 연속이었다.

사실 안 그래도 그들의 기척을 느낀 처음부터 청지 도사는 긴장하고 주의하고 있던 참이었다.

태연하고 느긋하게 산길을 따라 해검지로 걸어오는 그들의 발걸음은 한없이 가벼운 게 구름 같았으며, 그들의 인기척은 표홀하기가 마치 바람과도 같았다. 땅을 딛는 발걸음에는 그 어떤 무게감도 실려 있지 않았다.

무당파를 찾는 청객 중에서 고수들이 많은 건 당연하지만, 그래도 그 정도의 무위를 지닌 고수들은 그리 흔치 않았다. 최소한, 아무리 낮춰 잡아도 구파일방의 장로급 이상의 실력을 지닌 자들이 분명했다.

그랬기에 청지 도사는 제자들과 대화하던 중간에서 말을 돌려 그들을 맞이하라고 이르는 한편, 스스로는 행여 벌어질지 모르는 상황에 대비하고 있었던 것이었다.

뒤늦게 해검지에 오른 청객이 다름 아닌 장문인의 사위인 화군악임을 알게 되었을 때, 그제야 청지 도사는 안도의 한숨을 내쉴 수가 있었다.

동시에 그는 언제 화군악이 이만한 무위를 지니게 되었

는지, 그리고 그 화군악과 비견해도 전혀 뒤지지 않는 무위를 느끼게 하는 두 사내와 어떤 관계인지 궁금해했다.

그런 와중에 세 명이 대에 건 검들은 청지 도사의 가슴을 뛰게 만들고 절로 마른침을 삼키게 했다.

하나같이 명검(名劍)들이었다.

투박하되 세상 그 무엇도 가를 것 같은 검이 있는가 하면, 보는 것만으로도 패기(覇氣)를 들끓게 만드는 검이 있는가 하면, 그나마 셋 중 가장 평범해 보이되 또 가장 날이 서 있는 검이 있었다.

청지 도사는 오십 평생 검을 쥐고 수련해 온 자였다. 검의 최고 명문인 무당파에서 최고의 검으로 상승 검법을 연마하던 자였다.

그러니 검을 보기만 하더라도 그 검의 가치를 알 수 있었다. 어떤 명장이 벼린 검인지, 아니면 여느 평범한 시장터에서 산 검인지 알 수 있었다.

그런 청지 도사가 본 검들 중 두 자루는 확실히 천하에서 손가락 안에 꼽히는 명검이었다. 그리고 다른 한 자루의 검 또한 어딘가의 명장이 최선을 다해 만들고 다듬은 검으로 보였다.

또한 청지 도사는 그 검의 상태만으로도 사용자의 무위가 어떠한지, 어떤 검법을 사용하는지, 심지어 평소 습관까지 알 수 있었다.

'생각했던 것보다 훨씬 강한 자들이다.'

넋을 놓고 검을 바라보던 청지 도사는 퍼뜩 정신을 차리며 세 사내를 돌아보았다.

해검각에 검을 풀어 놓은 그들은 해검지 앞에 서서 산 아래의 풍광을 감상하고 있었다. 그 뒷모습만으로 청지 도사는 자신이 그들의 무위에 대해 착각했음을 인정해야 했다.

'노경급이 아니다. 저들은 그보다 위, 훨씬 위의 무위를 지닌 절정의 고수들이다.'

다시 한번 그의 목젖이 꿈틀거렸다.

단지 서 있는 것만으로 이만한 기개와 투기와 무위를 뿜어내는 자가 세상천지에 과연 몇이나 있을까.

당연히 몇 되지 않을 것이다. 고수가 많을 수밖에 없는 무당파에서도 저만한 기세를 흘리는 자들은 쉽게 찾아보기 어려웠으니까.

고수는 고수를 알아보는 법이었다. 그런 의미에서 보자면 담우천들의 무위를 알아본 청지 도사 또한 만만한 인물이 아니었다.

하지만 분명 그 한계가 있었다.

청지 도사는 저들의 무위가 강하다는 걸 알아보았지만, 과연 얼마나 강한지는 알 수가 없었다. 그게 청지 도사의 한계였고, 또 일반 고수가 절정 고수를 알아볼 때

느끼는 한계이기도 했다.

 청지 도사는 지금껏 살아온 평생(平生) 처음으로 무력감을 느끼고 있었다.

7장.
무당(武當)

천예무는 길길이 날뛰었다.
그의 얼굴을 새빨갛게 변했으며,
호랑이 같은 그의 눈빛 또한 흉흉한 살기로 번들거렸다.
그가 쉬지 않고 내지르는 호통과 고함이 쩌렁쩌렁 울려 퍼지는 가운데,
어느덧 한 시진이라는 시간이 훌쩍 흘러갔다.

무당(武當)

1. 궁금하네

"내가 듣기로는 머리를 깎고 비구니(比丘尼)가 되었다고 했는데……."

"내가 알기로는 검을 수련하기 위해서 보타암(寶陀庵)인가 어딘가로 떠났다고 했거든."

"그런데 혼인한 거였네? 딸도 낳고 말이야. 왜 우리에게 그런 이야기를 하지 않았을까?"

청지 도사의 지시를 받은 두 명의 운자배 도사는 청흔 사고(師姑)의 이야기를 나누며 산을 오르고 있었다.

사실 장문인의 여식인 청흔 정소흔의 소식을 제대로 아는 자는 이 무당파 내에서도 몇 되지 않았다.

애당초 장문인인 진원도장은 자신의 여식이 혼인도 하지 않은 채 아이를 잉태했다는 것부터 마음에 들어 하지 않았으며, 그 상대가 야래향의 제자라는 사실에 더욱 불쾌해했다.

그런 연유로 진원도장은 두 사람의 혼인을 승낙하지 않았으며 외려 딸과 절연(絕緣)을 선언, 죽은 자식처럼 대하며 단단히 입단속을 지시했다.

그렇게 장문인의 엄명이 떨어졌으니 그 사실을 알고 있는 몇몇 중진 도사들은 당연히 꿰맨 듯 입을 다물었고, 가장 하급 제자라 할 수 있는 운자배 도사들이 속사정을 알지 못하는 건 너무나도 당연한 일이었다.

그렇게 두 운자배 도사가 허둥지둥 산을 올라 자소궁(紫霄宮)에 이르렀다.

무당파는 원래 산의 지형을 따라 곳곳에 세워진 팔궁(八宮), 이관(二觀), 삼십육암당(三十六庵堂)을 비롯한 수십 개의 크고 작은 전각들로 이뤄져 있었다.

그 팔궁 중에서 가장 중요한 세 개의 궁을 따로 삼궁(三宮)이라 하는데, 무당파에 들어서면 천주봉 중턱의 수십 채 전각군(殿閣群)을 이루고 있는 자소궁을 처음 마주하게 된다.

자소궁은 일반 제자들이 머무르며 청객을 대접하고 향화객들을 관리하는 곳이었다.

그곳을 지나 더 봉우리 위로 오르면 청주봉 정상을 휘감아 안듯이 세워진 돌담과 더불어, 십수 채의 전각군이 다시 모습을 드러내는데 이 전각군을 통틀어 태화궁(太和官)이라 하였다.

자소궁과는 달리 태화궁의 경비는 철통과도 같아서 태화궁에 들어선 지 얼마 지나지 않아 두 운자배 도사는 세 명의 청자배 도사들 앞에서 걸음을 멈추고 사정을 밝혀야만 했다.

"화군악이라는 자가 장문인을 뵙겠다고 청했습니다."

"화군악?"

경비를 맡고 있던 세 명의 청자배 도사들은 서로를 돌아보았다. 운자배 도사가 얼른 말을 덧붙였다.

"청흔 사고의 남편이라고 합니다."

"이런!"

"허어."

사십 대 초중반의 청자배 도사들이 깜짝 놀라며 황급히 운자배 도사를 나무랐다.

"어디서 함부로 그런 소리를 하는 게냐?"

"누구에게도 그런 이야기는 하지 말도록 하라. 알았느냐?"

사숙들의 엄한 표정에 놀란 운자배 도사들은 황급히 고개를 조아리며 두 번 다시 입에 올리지 않겠다고 맹세했다.

"여기 가만히 있거라. 안에 들어가서 보고하고 명을 받아 올 테니 말이다."

청자배 도사 중 한 명이 서둘러 안으로 들어갔다. 그리고 얼마 지나지 않아 딱딱하게 굳은 얼굴로 나왔다. 두 운자배 도사들은 저도 모르게 긴장하여 차렷 자세를 한 채 그가 입을 열기만을 기다렸다.

"죄송합니다만……."

운자배 도사가 기어가는 목소리로 말했다.

"굳이 만날 필요가 없다는 장문인의 말씀이 계셨습니다."

일순 청지 도사의 얼굴이 굳어졌다. 누군가 한숨을 쉬는 것 같기도 하였다.

'그럴 줄 알았다.'

화군악은 떨떠름한 표정으로 담우천과 장예추를 돌아보았다.

그때 운자배 도사가 계속해서 빠르게 입을 놀렸다.

"하지만 먼 길을 오셨으니 피곤할 터, 청객들께 자소궁 환빈정(歡賓亭)에서 하룻밤 유(留)하며 여독을 풀게 하시라는 명이 있었습니다."

"흐음."

청지 도사의 눈초리가 살짝 휘어졌다. 그 두 개의 서로 다른 의미를 지닌 지시들을 어떻게 이해해야 할지 모르겠다는 표정이었다.

하지만 그는 곧 정신을 차리고 화군악들을 돌아보며 입을 열었다.

"장문인의 명이 떨어지셨으니 환빈정으로 안내하겠습니다."

"그냥 돌아가는 것도……."

"고맙소이다."

담우천이 화군악의 헛소리를 빠르게 자르며 인사했다. 곧 그들은 또다시 두 명 운자배 도사들의 안내를 받으며 해검지에서 벗어나 산길을 올랐다.

산세는 험했고 곳곳이 절벽이었다. 봉우리와 봉우리, 절벽과 절벽 사이에는 수십 개의 다리가 아슬아슬하게 이어져 있었다.

이윽고 자소궁 정문을 통과하자 또 다른 중년 도사가 어린 시동(侍童) 두 명을 대동한 채 서 있다가 화군악들을 향해 인사하며 말했다.

"만나 뵙게 되어 영광이오. 빈도는 여러 청객들을 모시는 책임을 맡은 청일(淸日)이라고 하오. 또한 앞으로 이 두 아이가 여러분을 모시며 시중을 들 것이오."

청일 도사에게 화군악 일행을 떠넘긴 운자배 두 도사는 몇 마디 인사도 하지 않은 채 그저 꾸벅 절을 하고서는 그대로 줄행랑쳤다.

"자, 이리로."

청일 도사는 곧 화군악 일행을 환빈정으로 안내했다.

자소궁 입구를 통과하자 자소대전(紫霄大殿)이 보였고, 그 앞 넓은 연무장에는 대낮의 뜨거운 햇볕에도 불구하고 많은 젊고 어린 도사들이 수련하고 있었다.

수련이라 해 봤자 마보와 평범한 권각술인 걸 보니 이들은 아직 도명을 받지 못한 하급 제자들임이 분명했다. 훗날 이들이 도명을 받게 된다면 도송현진청운의 도자배(道字輩) 항렬이 될 터였다.

연무장을 벗어나 이궁문(二宮門)을 지나치자 조그만 연못이 보였다. 그 연못 중앙에는 삼 층 누각이 아담한 규모로 세워져 있었는데, 현판에는 환빈정이라는 세 글자가 적혀 있었다.

바로 이곳이 무당파를 찾아오는 청객 중 신분이 높거나 예를 갖춰 대접해야 할 사람들에게만 제공된다는 환빈정이었다.

환빈정은 자소궁 내에서는 가장 전망이 좋고 고즈넉한 곳이기도 했다. 연못 주변의 풍경은 물론 절벽 아래의 풍광도 아름다웠으며, 특히 해가 질 무렵의 서편 하늘은 그 어디에서도 느끼지 못하는 감동을 선사한다고 알려져 있었다.

화군악은 지난날 이곳에서 며칠을 보낸 적이 있었다. 당시에는 남궁세가의 자제들과 함께 이곳을 방문하였는데 나름대로 경치가 좋고 분위기가 좋았던 기억이 새로웠다.

"따로 머무는 청객이 없으시니 편하게 지내시면 됩니다."

연못 위에 설치된 구름다리 앞에서 걸음을 멈춘 청일 도사가 입을 열었다.

"대청에는 이 아이들이 상주하고 있을 터이니 무엇이든 필요한 게 있으면 이 아이들에게 지시하면 될 겝니다. 그럼 빈도는 이만."

그렇게 청일 도사가 자리를 뜨자 두 시동, 갓 아홉 살에서 열 살 정도 되어 보이는 소동(小童) 중 한 아이가 활짝 웃는 낯으로 화군악 일행을 쳐다보며 말했다.

"저는 충아(忠兒), 이 아이는 교아(敎兒)라고 해요. 어르신들께서 환빈정에 묵는 동안 한 점 불편함이 없도록 최선을 다할 테니, 혹시라도 저희가 잘못을 저지른다면 넓은 아량으로 용서해 주셨으면 해요."

기특할 정도로 말을 잘 하는 아이였다.

화군악은 문득 옛날 자신의 어릴 적 모습이 떠올라 저도 모르게 미소를 지으며 품에서 은자 한 냥을 꺼내며 말했다.

"하룻밤만 묵고 갈 터이니 그동안만이라도 잘 부탁한다는 의미로 주는 뇌물이다."

교아라는 아이는 살짝 눈살을 찌푸렸지만, 충아는 기쁜 표정을 지으며 은자를 받아 들었다. 그러고는 공손하게 인사한 후 구름다리를 건너 환빈정으로 화군악 일행을 안내했다.

밖에서 본 것처럼 환빈정은 삼 층 누각치고는 그 규모가 매우 작았다. 일 층은 객청과 욕탕, 용변을 볼 수 있는 공간과 아이들이 묵는 조그만 방이 전부였다.

이 층과 삼 층에는 각각 두 개의 방이 있었는데, 창문을 열면 자소궁 전경이 한눈에 들어왔다.

"나는 바보니까 삼 층 방 하나를 쓰겠습니다."

화군악은 그렇게 말하며 삼 층으로 올랐다. 담우천이 눈살을 찌푸렸다.

"그럼 나도 바보가 되는 거잖나?"

담우천은 그렇게 투덜거리며 화군악의 뒤를 따라 삼 층으로 올라갔다.

홀로 남게 된 장예추는 이 층 복도를 둘러보다가 우측의 방문을 열고 안으로 들어섰다. 좁고 단출하지만 그래서 더 아늑하고 정겹게 느껴지는 공간이었다.

장예추는 간단하게 짐을 푼 다음 창을 열었다.

자소궁의 전경이 한눈에 들어왔다. 저 멀리 운무(雲霧)

에 가려진 태화궁까지 언뜻 보였다.

　무당파 장문인은 저 태화궁에 있을 터였다.

"궁금하네."

　장예추는 침상 모서리에 걸터앉으며 중얼거렸다.

"왜 바로 내쫓지 않고 굳이 군악더러 하룻밤 묵고 가라고 했는지 말이야."

2. 손님

　쾅!

　요란한 소리와 함께 박달나무로 만든 탁자가 또 한 번 산산이 부서졌다. 이게 벌써 몇 번째인지 몰랐지만 그 누구도 신경 쓰지 않았다.

"전멸이라니!"

　천예무는 방금 박달나무 탁자를 부순 주먹으로 허공을 휘두르며 소리쳤다.

"그게 말이나 될 법한 소리더냐? 삼풍조가 무엇이더냐? 삼풍조를 어찌 키워 냈더냐? 그런데 그 삼풍조가 전멸이라니, 단 한 명의 생존자 없는 몰살이라니! 그걸 도대체 어찌 받아들여야 한다는 말이더냐!"

　그의 목소리가 태풍처럼 실내를 휘몰아쳤다.

누구 하나 그의 말에 대답하는 이가 없었다.

지금 이 자리에 모인 다섯 명은 천예무가 가장 아끼고 신뢰하는 심복들이었다. 천예무가 하는 일에 반대하거나 제지할 수 있는 몇 되지 않는 자들이기도 했다.

그러나 지금은 아무도 입을 열지 않았다. 그들은 익히 알고 있었다. 태풍이 휘몰아칠 때는 고개를 숙인 채 죽은 듯 잠자코 있어야 한다는 사실을, 수십 년 경험을 통해 깨우친 터였다.

"도대체 무슨 일이 벌어졌단 말이냐! 소림사 그 땡중들의 백팔나한진이라는 게 그리도 강력하다는 말이냐? 아니면 무림오적 그 개자식들의 실력이 그리도 막강하다는 말이냐? 심지어 내가 혼신의 힘을 기울여 만들어 낸 삼풍조가 몰살당할 정도로 소림사와 무림오적이 대단하다는 것이더냐!"

천예무는 길길이 날뛰었다.

그의 얼굴을 새빨갛게 변했으며, 호랑이 같은 그의 눈빛 또한 흉흉한 살기로 번들거렸다. 그가 쉬지 않고 내지르는 호통과 고함이 쩌렁쩌렁 울려 퍼지는 가운데, 어느덧 한 시진이라는 시간이 훌쩍 흘러갔다.

이윽고 어느 정도 화가 가라앉은 천예무는 벌거벗은 어린 여인이 부들부들 떨며 건네는 차 한 잔으로 갈증을 달랜 후 다시 입을 열었다.

"그래, 총사는 지금 어디 있는가?"

심복 중 한 명이 고개를 조아린 채 대답했다.

"이틀 전, 자하신녀문의 공주를 만나려고 악양을 떠나셨습니다."

"흥! 그깟 계집을 만나러 길을 떠나? 계집이 스스로 찾아올 때까지 기다리는 게 사내가 아니던가?"

천예무는 투덜거리다가 길게 한숨을 내쉬었다. 그러고는 어느 정도 이성을 찾은 표정으로 심복들을 쏘아보며 입을 열었다.

"놈들은?"

또 다른 심복이 대답했다.

"강만리는 중상을 입은 채 소림사 약당에서 치료를 받고 있습니다. 담우천과 화군악과 장예추는 바로 하산한 것이 다른 지역으로 이동한 것 같습니다."

"어디로 갔는지는 모르고?"

"그게…… 뒤쫓기는 했지만 워낙 그들의 경공술이 빨라서…… 남서쪽으로 향한다는 것만 확인할 수 있었습니다."

"흥! 소림사에서 남서쪽이라면 뻔하지 않겠느냐? 아아, 이제 알겠구나."

천예무는 크게 고개를 끄덕이며 말했다.

"녀석들은 그들만의 힘으로 부족하다고 여기고 구파일

방과 협력하여 우리를 치려는 속셈이다. 소림사, 그다음이 무당파, 그리고 청성파 뭐 이런 식으로 구파일방을 돌아다니면서 설득하려 하겠지. 흥! 그게 어디 뜻대로 될 것 같더냐?"

거기까지 말한 천예무는 문득 입술을 깨물었다. 동시에 잠시 사그라졌던 그의 눈에서 다시 뜨거운 불길이 타오르기 시작했다.

"그럼 지금쯤 무당파에 들어섰겠지? 그리고 무당파에서 일을 마친 다음에는……."

천예무의 머릿속으로 담우천 일행의 십수 갈래나 되는 여정이 한꺼번에 떠올랐다가 사라졌다.

그 많은 경로 중 사라지지 않고 유일하게 남아 있는 단 하나의 경로. 분명 놈들은 그 경로를 따라 이동할 터였다.

"좋아. 이참에 그 눈엣가시 같던 황계까지 모조리 괴멸시키도록 하자."

천예무는 곧 심복들에게 지시를 내렸다.

"다른 가문들에게 슬쩍 정보를 넘겨줘라."

활화산처럼 타오르고 있는 가슴속 분노의 불길과는 달리 천예무의 목소리에서는 한없이 차가운 냉기가 뚝뚝 흘러내렸다. 순식간에 주위에 고드름이 얼어붙는 듯했다.

"천왕가와 철목가는 모르겠지만 무적가는 반드시 움직

일 거다. 거기에 태극천맹의 원로들에게도 정보를 건네라. 그래서 그들과 장예추 일당이 양패구상하도록 만드는 게다."

태극천맹의 원로들이 나선다면 무당파나 소림사가 끼어들기 애매해진다.

그들은 백도 정파의 전대 기인들이자 구파일방 사람들과는 벗이자 동료이자 함께 전쟁을 치른 전우(戰友)였으니까. 삼풍조를 상대할 때처럼 제멋대로 움직여서 백팔나한진이니 하는 것들을 펼칠 수는 없을 터였다.

"물론 우리 아이들도 모두 불러 모으도록 해라."

천예무의 차가운 목소리는 계속해서 이어졌다.

"숙객(宿客)들도 집결시키고 욕수군을 비롯하여 새로 전열을 가다듬은 오제(五帝)와 오군(五君) 또한 모두 불러 모아라. 그리하여 그 싸움에서 남은 자들을 단번에 쓸어버리는 게다. 그곳, 사천 성도부에서."

천예무의 묵직하면서도 차갑게 얼어붙은 지시에 모든 심복들은 대답 없이 고개만 조아렸다.

그때였다. 문밖에서 부총관의 목소리가 들려왔다.

"가주, 손님이 찾아오셨습니다."

일순 천예무의 눈빛이 서늘하게 빛났다.

"이 시각에 손님이라니? 내가 그 누가 와도 받지 말라고 했던 말을 잊었느냐?"

그러자 문밖에 서 있던 부총관이 벌벌 떨며 말했다.

"그게…… 가주의 정혼자이십니다."

"음?"

천예무의 눈이 이내 휘둥그레졌다.

"운혜 소저가?"

그야말로 아닌 밤중에 홍두깨 같은 일이 벌어진 것이다. 혼사를 앞둔 여인이 한밤중에 불쑥 정혼자의 방을 찾아오다니, 이건 예법에도 규례에도 없으며 상식이나 관습과도 한참 벗어난 행동이었다.

잠시 생각하던 천예무가 입을 열었다.

"옆방에서 잠시 쉬시도록 준비하라."

"그리하겠습니다, 가주."

부총관이 자리를 뜨는 소리가 들렸다.

천예무는 잠시 어리둥절한 표정을 짓고 있다가 다시 안색을 굳히고는 심복들을 둘러보며 마저 지시를 내렸다.

* * *

회의를 끝낸 후, 천예무는 곧장 건넌방으로 향했다. 그곳에는 초일방의 손녀이자, 천예무의 정혼자인 초운혜가 시녀들의 수발을 받으며 앉아 있었다.

천예무가 들어서자 시녀들과 초운혜가 자리에서 일어

나 허리를 숙였다.

 천예무는 초운혜를 똑바로 바라보며 시녀들에게 말했다.

 "너희들은 나가 있거라. 이 방 십여 장 안쪽으로는 누구도 접근하지 못하도록 하고."

 명을 받은 시녀들은 공손하게 절을 한 후 곧바로 방을 빠져나갔다. 천예무는 멀뚱히 서 있는 초운혜를 향해 자리를 가리키며 말했다.

 "앉게. 아니, 앉으시오."

 비록 나이는 손녀뻘이었고 확실히 벗의 손녀이기는 했지만 어쨌든 초운혜와는 혼사를 약속한 사이였다. 반말이나 하대할 상대가 아닌 것이었다.

 하지만 초운혜는 앉지 않았다. 그녀는 천예무의 시선을 피하지 않고 마주 바라보며 우뚝 서 있었다.

 꿀꺽.

 천예무의 목젖이 크게 꿈틀거렸다.

 아름다웠다. 확실히 전 무림에서 다섯 손가락 안에 드는 미녀라는 게 거짓말은 아니었다. 이 여인에 비하자면 지금껏 천예무의 수발을 들던 계집들은 모두 시골 촌녀(村女)에 불과했다.

 물론 제 딸인 천소유도 아름답기는 했으나 이미 서른 줄이 훨씬 넘은 노처녀가 아니던가.

하지만 초운혜는 달랐다. 이십 대 중반. 말 그대로 한껏 물이 오르다 못해 금방이라도 그 물이 새어 나올 것만 같은 나이였다.

초운혜는 성숙해질 대로 성숙해져서 와락 움켜쥐면 그대로 살결 사이로 과즙(果汁)이 뚝뚝 흘러나올 것 같은 외모와 육체를 소유하고 있었다. 예서 두어 해 더 지나면 늦가을 꽃이 지고 잎이 떨어지듯 그녀의 절정에 오른 미모 또한 사위어질 게 분명했다.

그러니 지금이 딱 좋았다.

한 입 베어 물면 입안 가득 담기는 그 상큼하고 달콤하며 부드러운 과즙과 과육(果肉). 그 절정의 맛을 느끼기에는 지금처럼 좋을 때가 없었다.

'역시 내 선택이 탁월했다.'

천예무가 내심 자신의 선택에 대해 만족해할 때였다. 초운혜가 느닷없이 섬섬옥수 손을 들어 자신의 옷을 벗기 시작했다. 천예무의 눈이 휘둥그레졌다.

몇 개의 끈을 풀어 내리자 초운혜는 금세 알몸이 되었다. 태어났을 때와 똑같은, 그야말로 실오라기 하나 걸치지 않은 원시적인 알몸.

초운혜는 살짝 허리를 꼰 채, 한 손으로는 젖가슴을 가리고 다른 한 손으로는 비부(祕部)를 가린 채, 부끄러움에 홍시처럼 붉게 달아오른 얼굴로 가만히 천예무를 쳐다보았다.

천예무는 다시 한번 마른침을 삼키고 입을 열었다.

"이게 무슨 뜻이오?"

초운혜는 벙어리처럼 아무런 말을 하지 않았다. 그저 촉촉하게 젖은 눈빛으로 천예무를 쳐다볼 뿐이었다.

천예무의 시선은 순식간에 그녀의 눈에서 얼굴로, 목에서 가슴으로, 허리에서 엉덩이로, 그리고 쭉 뻗은 다리와 발을 훑었다.

'자식 따위는 몇 명이라도 시원시원하게 낳을 몸매다.'

거기에다가 순진하고 순수해 보이는 얼굴과는 달리 요염하다 못해서 음탕하기까지 한 몸매였다. 저 탱탱한 젖무덤에 얼굴을 파묻고, 저 흐벅진 허벅지 사이를 비집고 제 물건을 넣는다면……

천예무가 마치 명화(名畫)를 감상하듯 자신의 몸매를 훑어보자, 초운혜는 천천히 몸을 돌려 침상 위로 올라가 반드시 누웠다.

그녀가 등을 보이고 걸어갈 때 언뜻언뜻 보이는 그 허벅지 사이의 검은 그림자가 천예무의 가슴을 쿵쾅거리게 했다.

침상에 반듯이 누운 초운혜는 마치 첫날밤을 치르는 신부처럼 두 눈을 꼭 감은 채 그렇게 벌거벗은 몸으로 가만히 천예무를 기다리고 있었다.

그렇구나.

빌어먹을 황제와 황후의 죽음으로 몇 달이나 밀려 버린 우리의 첫날밤을 지금 당장, 이곳에서 치르자는 게로구나.

천예무는 그제야 초운혜의 마음을 알아차렸다. 기다리다 못해 부끄러움을 참고 수치를 견디며 직접 이곳까지 찾아온 그녀의 속내를 읽을 수 있었다.

'예서 가만히 있으면 사내자식이 아닌 게지.'

천예무는 내심 당연한 소리를 중얼거리면서 와락, 옷을 벗어 아무렇게나 던졌다. 그리고 호랑이가 토끼를 잡아먹는 것처럼 어흥! 하며 침상 위로 뛰어올랐다.

3. 업보(業報)

두 도동(道童)의 시중을 받으며 저녁 식사를 마친 화군악과 장예추, 그리고 담우천은 삼층 화군악의 방으로 올라가 차를 마시며 대화를 나누고 있었다.

"안 그래도 혼자서 계속 궁금해했는데 말이지."

장예추가 말했다.

"왜 바로 내쫓지 않고 굳이 너더러 하룻밤 묵고 가라고 했는지 도대체 이해되지 않거든."

"뭐, 이런저런 속사정을 모르는 사람이 보기에는 확실

히 이해되지 않을 거야."

 화군악이 어깨를 으쓱거리며 말하자 장예추는 눈살을 찌푸리며 대꾸했다.

 "내가 왜 네 속사정을 몰라? 너 때문에 이곳 무당파까지 따라온 게 어디 이게 처음이던? 너 때문에 한밤중에 이곳 환빈정을 몰래 빠져나가서 지붕을 타다가 결국 진원도장에게 발각됐던 거, 기억나지 않느냐고?"

 "아, 물론 기억하지. 기억하고말고. 하지만 너도 모르는 속사정이라는 게 있거든."

 화군악의 말에 장예추는 더욱 심통 난 얼굴이 되었다.

 "내가 너에 관해서 모르는 게 어디 있다고? 그런 게 있으면 얼른 말해 봐."

 장예추의 말에 화군악은 피식 웃었.

 사실 과거 진원도장의 여식인 정소흔이 임신했다는 걸 알게 된 화군악은 화평장 형제들과 상의한 후, 그녀를 무당파에서 빼돌리기로 마음먹고 장예추와 함께 이곳 무당파를 방문한 적이 있었다.

 당시 화군악과 장예추는 한밤중에 몰래 환빈정을 빠져나가 갇혀 있다시피 했던 정소흔을 구출했다.

 하지만 그 과정에서 진원도장과 자운선자(慈雲仙子)를 위시한 무당파 사람들에게 들통이 나고 말았다.

 그때 화군악은 교묘한 거짓말과 약간의 진실을 섞어서

무당파 사람들을 속이고 마침내 사위로 인정받게 되었다. 그리하여 다시 제대로 준비하여 정소흔을 데리고 가기로 약속한 후 무당파를 떠나게 되었다.

하지만 얼마 가지 않아서 태극천맹이 화평장 사람들을 무림공적으로 규정하면서 화군악의 모근 거짓말이 들통나고 말았다. 그의 사부가 공적십이마 중 한 명인 야래향이라는 사실까지 알게 된 진원도장은 극도로 분노하여 정소흔을 다시 가뒀다.

이에 화군악은 홀로 무당파를 찾아가 정소흔을 구출하고 도망쳤다. 그 과정에서 진원도장은 정소흔과의 절연을 선언했으니, 이게 장예추가 알고 있는 그간의 속사정이었다.

"하지만 너는 그 이후에 상황이 어떻게 흘러갔는지 전혀 모르고 있잖아?"

"그 이후의 상황은 또 뭔데?"

"그러니까…… 간단하게 말하자면 장인어른과 내가 화해했다는 거. 그리고 경천회라는 적 앞에서 하나로 뭉치기로 했다는 거."

"응?"

장예추의 눈이 휘둥그레졌다. 화군악은 힐끗 열린 창밖을 바라보았다.

이미 밖은 어두워져 있었다. 어둠이 침묵처럼 내려앉은

산기슭이었지만 그래도 곳곳에는 주변을 환하게 밝히는 불빛들이 있어서 더더욱 고즈넉한 정취를 느끼게 해 주었다. 자소전을 비롯한 도관들에서 새어 나오는 불빛들이었다.

잠시 창밖 풍광을 바라본 화군악은 다시 장예추를 돌아보며 말을 이어 나갔다.

"실은 장모의 도움을 받아 그 후에 한 번 더 장인어른을 만난 적이 있어. 돌이 채 안 된 소군을 데리고 말이지."

도망갈 곳도, 도망칠 수도 없는 동정호 유람선 내에서, 마치 외나무다리에서 만난 원수처럼 진원도장과 화군악은 서로를 마주 보았다.

하지만 진원도장은 화군악을 향해 화를 낼 수가 없었다. 이미 그는 손녀 소군의 귀여움과 사랑스러움에 홀딱 빠져 있었고, 또 야래향의 우아하고 진실한 모습에 오래된 감정이 눈 녹듯 사라진 후였으니까.

화군악의 모든 이야기를 들은 장예추는 그래도 이해가 가지 않는다는 표정을 지으며 고개를 갸웃거렸다.

"그렇다면 왜 너를 내쫓으려고 하는 거지?"

"그건 또 다른 문제 때문일 거야."

화군악은 길게 한숨을 내쉬었다.

그의 손에 의해 죽은 무당파 제자들의 이야기까지 하게 된다면 아마도 밤을 꼬박 새워도 부족할 것이리라.

"어린 시절, 철없던 시절 내 멋대로 살아가던 것의 업보(業報)라고나 할까."

화군악은 차를 한 잔 마신 후 다시 입을 열었다.

"그때는 정말이지 내 마음대로 행동했거든. 죽이고 싶으면 죽이고 강간하고 싶으면 강간하고 또 불태우고 싶으면 모든 걸 남김없이 불태웠으니까."

화군악의 말에 장예추는 입을 다물었다.

'웬일로 정신을 차린 것처럼 말하네.'하고 빈정거리고 싶었지만, 화군악의 저 처연한 눈빛을 보고 있으려니 말이 목구멍 안으로 쏙 들어가는 것이었다.

"어쨌든……."

화군악은 다시 창밖을 내다보았다. 조금 전까지만 하더라도 곳곳을 밝혀 주고 있던 불빛들이 대부분 꺼져 있었다. 이제 순찰을 하고 경비를 서는 도사들의 횃불이나 모닥불 몇 개만이 남아 있었다.

"장인어른은 나를 만나러 오실 거야. 그래서 하룻밤 유예(猶豫)를 주셨을 테고."

화군악은 창밖을 바라보며 그렇게 말했다.

그때였다. 혼자 차를 홀짝이며 잠자코 듣기만 하던 담우천이 불쑥 입을 열었다.

"안 그래도 지금 오고 있군그래."

8장.
혜검(慧劍)

우리가 저 무애암(無涯巖)에 남아 있는
조사(祖師)의 마지막 깨우침을 이해하지 못하고 얻지 못하는 건
바로 동자공을 잃었기 때문이오.
장삼봉 조사를 떠올려 보시오.
그분은 죽을 때까지 동자공을 잃으시지 않았소?

혜검(慧劍)

1. 무당파 차기 장문인

 무수히 많은 별들이 조그마한 연못 위에 내려앉아 반짝이고 있었다. 천주봉 일대에는 칠흑 같은 어둠이 깔렸고, 대부분의 도관 모두 정적에 휘감긴 한밤중이었다.
 모두가 잠든 이 밤, 도관 사이로 매끄럽게 움직이는 몇 개의 신형이 있었다.
 그 신형들은 어둠 사이로 난 길을 따라 환빈정 입구에 들어서더니, 굳게 닫혀 있는 정문으로 들어서는 게 아니라 훌쩍 몸을 날려 불이 밝혀진 삼 층 난간으로 올라섰다.
 방에서 바깥으로 이어지는 회랑(回廊)에 미리 나와 기

다리고 있던 화군악과 담우천, 장예추가 그들을 맞이했다.

"화군악이 오래간만에 장인, 장모를 뵙습니다."

마치 도둑처럼 아무도 몰래 환빈정 삼 층으로 날아 들어온 사람들은 다름 아닌 무당파 장문인인 진원도장과 그의 부인 자운선자, 그리고 또 한 명의 중년 도사였다.

"오랜만이다."

진원도장은 근엄한 눈길로 화군악을 본 후 다시 담우천과 장예추에게로 시선을 옮겼다.

담우천과 장예추 또한 정중하게 자신들을 소개했다.

"성도부 화평장 사람인 담우천이 무당의 장문인을 뵙소이다."

"성도부 화평장의 장예추가 무당의 장문인께 인사드립니다."

진원도장도 기꺼이 인사를 나눴다.

"만나서 반갑소. 진원이라고 하오. 이쪽 장 소협……아니, 이제 소협이라고 하기에는 너무 관록이 붙어 보이는구려. 어쨌든 예전에도 한번 만나지 않았소?"

"네. 수년 전 이 친구와 함께 이곳을 찾아온 적이 있었습니다."

"흠, 그때보다 수양(修養)이 훨씬 깊어진 것 같구려."

"아직 갈 길이 멀게만 느껴질 따름입니다."

"허허."

가벼운 웃음을 흘린 진원도장은 곧 제 아내와 또 다른 중년인을 화군악 일행에게 소개했다.

"이쪽은 내 내자(內子)이고, 이쪽은 내 큰아들이오."

세월이 흘러 어느덧 할머니가 되어 버린, 하지만 여전히 우아하고 부드러운 품위를 잃지 않고 있는 노부인(老婦人)이 미소를 지으며 말했다.

"다들 잘 오셨어요. 자운이라고 해요."

뒤이어 눈빛이 깊고 선이 굵은 얼굴의, 하지만 어딘지 모르게 화군악의 아내 정소흔을 떠오르게 하는 얼굴 윤곽을 지닌 중년 도사가 굵고 묵직한 목소리로 말했다.

"청경(淸鏡)이라고 합니다. 만나서 반갑소이다."

화군악은 저도 모르게 침을 꿀꺽 삼켰다.

바로 이 태산처럼 무겁고 바위처럼 단단해 보이는 도사가 제 아내의 큰오라버니이자 무당파의 차기 장문인으로 손꼽히는 인물이었던 게다.

그간 화군악이 여러 차례 무당파를 방문했지만 이렇게 그와 얼굴을 보고 인사를 나눈 건 이번이 처음이었다.

그도 그럴 게 장문인의 후계자 정도 되면 구파일방이나 신주오대세가 등의 명문정파 사람들과 교류를 갖는 걸 게을리하지 않아야 하며, 또 한편으로는 강호를 돌아다니며 협행(俠行)을 쌓기도 하고, 세상일들을 배우는 등

실전 경험뿐만 아니라 삶의 경험까지 쌓아야 했기 때문이다.

한 문파의 우두머리가 고리타분하고 오로지 규범과 율법에 함몰되어 있다면 문파를 구성하는 모든 이들이 경직될 수밖에 없고, 결국 그 어떤 발전도 이룰 수 없다는 게 평소 진원도장의 지론이었다.

진원도장은 특히 무당파의 장문인이라면 폭넓은 경험과 깊은 사유(思惟)를 바탕으로 매사 일을 처리하고 주변 사람들을 돌볼 줄 알며, 사물을 보는 넓고 다각적인 시야를 통해 신선한 발상과 제한 없는 자유로움으로 무공을 대할 줄 알아야 한다고 생각했다.

그래서 진원도장은 장남 정옥환(鄭玉煥)을 비롯한 자식들 대부분을 일 년에 절반 이상 강호로 내보냈던 것이었다.

사실 진원도장이 그런 생각을 하게 된 건 그리 오래전의 일이 아니었다.

정확하게 말하자면 사파마도(邪派魔道)의 인물을 사위로 맞이하게 된 후, 그는 자신이 얼마나 경직되고 고리타분하며 규습에 매몰되어 있던 사람인지 알게 되었다.

이후 그는 자신의 후대는 조금 더 열린 사고(思考)로 삶과 사람, 무공을 대할 수 있어야 한다고 생각하게 되었다.

그래서였을까.

청경진인이라는 도호를 지닌 정옥환이 화군악 일행을 바라보는 눈빛과 표정에는 단 한 점의 멸시나 적대의 감정이 담겨 있지 않았다.

상대가 이른바 무림의 공적들인 줄 익히 알고 있음에도 불구하고 그는 그저 평범한 무림인, 그리고 처음 본 자신의 매제(妹弟)를 대하듯 그렇게 화군악 일행을 대하고 있었다.

반면 화군악이 느끼는 감정은 사뭇 달랐다.

손위 처남이라는 어색한 관계를 차치하고서라도 이 청경도사가 자연스레 흘리는 기세와 품위는 확실히 남달랐다.

담대하면서도 주저함이 없고 막힘이 없어 보이는 기운은 말 그대로 이 중년 도사야말로 무당파의 차기 장문인임을 확실히 증명하고 있었다.

"밖에서 이럴 게 아니라 안으로 들어가죠, 우리?"

자운선자의 말에 화군악은 황급히 정신을 차리며 그들을 방으로 안내했다.

장예추가 서둘러 옆방에서 차탁을 들고 왔다. 사람들이 자리에 앉자 역시 장예추가 그들에게 차를 따라 건넸다.

"고마워요."

자운선자가 주름진 입가 가득 미소를 머금으며 인사했

다. 장예추가 고개를 숙이며 자리에 앉았다.

 방 안에는 기묘하고 어색한 분위기가 맴돌았다. 여섯 명이 서로를 마주 보고 있는 가운데, 화군악은 송충이가 등을 기어가는 듯한 기분을 느끼고 있었다.

"허험."

그 간지러운 느낌을 떨쳐 내려는 듯 화군악은 가볍게 헛기침을 한 다음 천천히 입을 열었다.

"실은 우리가 이렇게 찾아온 이유가……."

"아니, 본론은 나중에 하기로 하고."

자운선자가 그의 말문을 막았다.

입을 다문 채 눈을 동그랗게 뜬 화군악을 바라보면서 그녀는 빙긋 웃는 낯을 한 채 말을 이었다.

"우리 손녀는 잘 지내고 있는지부터 먼저 듣고 싶네."

그야말로 장모가 사위에게 말하는, 그렇게 다정하고 부드러운 어조였다.

화군악은 황급히 사과하며 말했다.

"아, 죄송합니다. 소군은 잘 지내고 있습니다. 워낙 말이 많은 수다쟁이에 사고뭉치 왈가닥으로 자라고 있지만 그래도 무탈하게, 건강하게 크는 것 같아서 기쁠 따름입니다."

그의 말에 자운선자는 물론 근엄을 잃지 않던 진원도장의 눈가에도 기쁜 표정이 스며들었다.

하기야 하나뿐인 손녀를 만난 지도 벌써 사오 년 전의 일이었다. 그 눈에 넣어도 아프지 않을 것 같던 아이가 지금은 얼마나 더 예쁘고 귀여워졌을까를 생각하니 그저 행복하기도 하고 아쉽기도 할 따름이었다.

화군악은 계속해서 말을 이어 나갔다.

"소흔…… 애 엄마도 잘 지내고 있습니다. 화평장 다른 형제의 부인들과도 사이가 좋습니다. 안 그래도 제가 이번에 중원에 나가 봐야 한다니까, 행여라도 무당에 들르면 꼭 두 분께 안부 인사를 전해 달라고 했습니다."

"흐음."

진원도장이 차를 마시며 고개를 끄덕였다. 자운선자도 가볍게 한숨을 내쉬는 것이 아무래도 오랫동안 보지 못한 큰딸이 눈에 선한 모양이었다.

그때였다.

"아쉽구려."

청경진인이 묵직한 목소리로 말했다.

"하나뿐인 조카가 다섯 살이 넘도록 한 번도 보지 못하다니, 어쩌면 세상에서 내가 가장 불행한 삼촌일지도 모르겠구려."

그 말에 자운선자가 눈을 흘기며 타박했다.

"조카 운운하기 전에 네 자식부터 우리에게 보여 주는 게 어떻겠느냐?"

일순 청경진인의 귓불이 살짝 달아오르더니 이내 그는 입을 닫고 더는 아무 말도 하지 않았다. 하지만 자운선자는 아직 심기가 불편했던지 게서 한마디 더 말을 붙였다.

"아직도 네가 동자공(童子功)을 유지해야만 무애암의 절학(絕學)을 깨우칠 수 있다고 생각한다면 그건 정만 큰 오산임을 알아야 할 것이야."

일순 맞은편 자리에 앉아 있던 화군악이 움찔했다.

'동자공? 그럼 설마…….'

동자공은 동정(童貞), 곧 이성과의 관계가 없는 순결한 몸 상태를 유지안 채 정진하는 무공이었다. 그건 다시 말해서 이 사십 대 초중반의 청경진인이 아직도 숫총각이라는 뜻이라 할 수 있었다.

2. 동자공파(童子功派)와 비동자공파(非童子功派)

'하기는…….'

화군악은 기억을 더듬어 봤지만 청경진인을 비롯한 진원도장의 사내자식 중 누구 하나 혼인했다는 소리를 들은 적이 없는 것 같았다.

그렇다면 확실히 자운선자가 손님들 앞에서 장남에게 한마디 하는 게 이해되는 일이기는 했다. 이미 사십 대

초중반의 나이임에도 불구하고 아직 혼인조차 하지 않았다는 건 확실히 불효(不孝)라 할 수 있었으니까.

기실 도사들은 스님들과 달리 대부분 혼인을 하고 가정을 꾸리며 살았다. 도를 깨우치는 것과 가정을 이루는 건 별개의 것으로 생각하는 도사들이 많은 까닭이었다.

사실 도가(道家)의 일맥(一脈)에서는 방중술(房中術) 또한 신선(神仙)이 되는 방법 중 하나로 생각하기도 했고, 그래서 수많은 방중술을 창안하면서 그를 통해 도를 깨우치려 하기도 하였다.

외려 홀로 동정의 몸을 지킨 채 도(道)를 닦으며 정진하는 도사는 외려 소수파였다. 그래서 지금 이 무당파 본산에도 여도사를 제외하고도 많은 여인이 도사들과 가정을 이룬 채 살아가고 있었다.

하지만 수백 년 전에는 그 문제를 두고 무당파 내부에서 의견이 갈려 큰 다툼이 일어난 적이 있었다.

비록 화군악은 그 속사정을 자세히 모르고 있었지만, 하마터면 무당파가 양분될 정도로 심하게 싸우게 되었던 원인이 바로 그 '도사(道士)의 혼인(婚姻)과 동자공'에 관한 문제였다.

아니, 보다 더 정확하게 말하자면 '동자공과 무애암 절학과의 관계'라고 할 수 있었지만.

* * *

－우리가 저 무애암(無涯巖)에 남아 있는 조사(祖師)의 마지막 깨우침을 이해하지 못하고 얻지 못하는 건 바로 동자공을 잃었기 때문이오. 장삼봉 조사를 떠올려 보시오. 그분은 죽을 때까지 동자공을 잃지 않으시지 않았소?

－동자공과 무애암의 절학과는 그 어떤 상관관계도 없소. 돌이켜 보건대 여러 선조께서 동자공을 버리지 않고 등선(登仙)하셨지만, 그분들 모두 무애암의 절학을 깨우치지 못한 게 그 증거라 할 수 있소. 그저 우리의 자질이 미흡하고 깨우침이 부족하기 때문일 따름이오.

－그 발언 취소하시오! 우리의 자질이 미흡하고 깨우침이 부족하다는 거야 백번 양보하여 그럴 수 있다고 생각하지만, 그 발언은 과거 모든 선조와 선배들까지 욕되게 하는 말이오! 그분들의 자질까지 한꺼번에 싸잡아서 비난하는 말이란 말이오!

－그런 뜻이 아니지 않소? 사실 선조와 선배들의 자질이 아무리 뛰어나다 한들 결국 조사의 그것에는 미치지 못하는 게 맞잖소이까? 그러니 조사께서 말년(末年)에 남기신 그 깨달음의 문양을 해석하지 못하는 것 또한 결국 옳은 말이 아니외까?

그렇게 무당파의 사람들은 동자공파(童子功派)와 비동자공파(非童子功派)로 갈리어 수십 년을 다투고 싸웠으며, 결국 그 갈등이 심화되어 무당파 전체가 두 파로 갈라서게 될 지경까지 이르렀던 적이 있었다.
 당시 젊은 도사 한 명이 혜성(彗星)처럼 등장하여 그 상황을 봉합하지 않았더라면, 어쩌면 지금 강호 무림에는 동자무당파(童子武當派)와 파과무당파(破瓜武當派)로 나눠진 두 개의 무당파가 자리를 잡고 있었을지도 모르는 일이었다.

* * *

 모친의 타박에 기분이 상한 것일까, 아니면 자신이 아직도 동정을 유지하고 있다는 게 매제와 다른 손님들에게 알려진 게 부끄러웠던 것일까.
 청경진인은 귓불이 붉어진 상태로 잠시 침묵을 지키다가 문득 화군악을 돌아보며 불쑥 입을 열었다.
 "장문인께 말씀을 전해 들었소이다만 매제께서는 저 무애암의 절학을 깨우치셨다고 하던데, 그게 사실이오?"
 그러자 이번에는 진원도장이 혀를 차며 그를 나무라듯 말했다.
 "허어. 외인들이 있는 자리에서 꺼낼 이야기가 아니지

않느냐?"

"죄송합니다, 장문."

청경진인은 제 부친을 가리켜 꼬박꼬박 장문으로 호칭하며 스스로를 장문인의 아들이 아닌, 한 명의 무당파 제자임을 말하고 있었다.

화군악의 눈에는 그런 청경진인의 모습이 매우 당당하고 한없이 자신감이 넘쳐흘러 보였다.

장문인의 아들이라는 이점을 버리고 다른 이들과 똑같은 무당파 제자라는 신분에서 차기 장문인의 자리를 노리겠다는 그의 정정당당하고 공명정대한 야심이 그대로 느껴졌던 것이었다.

"외람되지만 이곳에 있는 분들 중 외인은 단 한 명도 없다고 생각합니다. 그러니 이곳의 이야기가 다른 곳으로 퍼지게 되는 걸 걱정하지는 않으셔도 될 것 같습니다."

그렇게 말문을 연 화군악은 청경진인에게로 시선을 돌리며 말을 이어 나갔다.

"그런 연유로 솔직하게 사실을 말씀드리겠습니다. 확실히 이 아우는 과거에 연이 닿아 무애암을 보며 심득(心得)을 얻은 바 있었습니다."

"으음."

청경진인의 붉게 달아올랐던 얼굴이 이번에는 새하얗

게 변했다. 상당한 충격을 입은 모양이 분명했다.

화군악의 말에 충격을 받은 건 청경진인뿐만이 아니었다. 한 마리 고고한 학처럼 앉아서 차를 마시던 진원도장 또한 안면이 굳어진 채 눈빛만 파르르 떨렸다.

물론 그는 꽤 오래전부터 화군악이 무애암의 심득을 얻었을 거라고 예상하고는 있었다.

수년 전 화군악이 홀로 무당파를 방문하여 임신 중인 정소흔을 데리고 도망치려 했을 때, 진공(眞空) 장로가 크게 노하여 막 무당파의 오행검진(五行劍陣)을 격파한 화군악에게 태청강기(太淸罡氣)를 날린 적이 있었다.

태청강기는 무당파의 무공 중 상승에 해당하는 것으로, 장로급 이상이 되어야 비로소 자유자재로 구현할 수 있는 최상의 강기였다.

또한 당경급 수준의 고수로는 도저히 감당할 수 없는 막강한 파괴력과 압도적인 무력을 지닌 태청강기였는데, 놀랍게도 당시 화군악은 다름 아닌 태극혜검의 일격을 펼쳐서 진공장로와 동수(同手)를 이루는 기적을 보여 주었다.

그 믿을 수 없는 광경에 지켜보고 있던 진원도장과 진황 장로는 크게 놀라고 당황했다. 특히 두 사람은 화군악이 펼친 초식이 무당파 검법의 원류(原流), 즉 무애암의 절학임을 직감했다.

하지만 진원도장은 그런 이야기를 입에 올리지 않았고, 어찌 된 영문인지 화군악에게 묻지도 않았다.

그때 당시의 진원도장이 굳이 무애암 이야기를 꺼내지 않은 건 오직 하나, 그 사실을 확인한 순간부터 일어나게 되는 모든 불확실성을 경계했기 때문이었다.

조사 장삼봉 이래로 평생을 이곳 무당산 천주봉에서 살아가면서 깨달음을 얻고자 노력한 무당파 도사들의 수가 과연 몇이나 될까.

하지만 지금껏 그 누구도 무애암의 절학을 깨우치지 못한 상황에서, 불과 며칠간 머물렀던 청년 한 명이 그 심득을 얻었다고 한다면 과연 무슨 일이, 어떤 일이 벌어지게 될까.

혹자는 평생을 노력했던 사조, 선배, 동료들의 자질을 탓하고 그들의 무능력함을 질타하며 스스로를 부끄러워하고 자의식에 사로잡힐 터였고, 또 혹자는 화군악을 질투하고 경계하면서 외인이 무당파의 절학을 훔쳤다며 분노할 터였다.

전자의 경우에는 어떻게든 화군악을 사부로 모시고 태극혜검을 전수(傳受)하려 할 테고, 반면 후자의 경우에는 어떻게든 화군악을 죽이거나 혹은 가둔 채로 심문을 통하여 심득을 빼앗으려 들 게 분명했다.

어떠한 경우든 벌어질 혼란의 규모는 가히 짐작조차 할

수 없었으며, 진원도장은 자신에게는 그 혼란을 감당할 능력이 없다고 생각했다.

그랬기 때문에 당시 진원도장은 화군악이 태극혜검의 심득을 얻었다고 추측했음에도 불구하고 전혀 내색하지 않은 채 그를 무당파에서 내보낸 것이었다.

그런데 지금 이렇게 화군악 본인의 입을 통해서, 지난 몇 년간 자신의 머릿속 깊이 숨겨 두었던 추측이 명확한 사실로 드러나게 되자 진원도장은 상당한 충격을 느껴야만 했다.

화군악의 말에 충격을 느낀 건 진원도장뿐만이 아니었다. 정작 화군악에게 질문을 던졌던 청경진인 또한 도저히 믿어지지 않는다는 표정을 짓고 입을 벌린 채 그를 바라보았다.

그렇게 무당파 부자(父子) 두 사람 모두 화군악을 바라볼 뿐 아무런 말도 하지 못했다.

3. 태극(太極)과 혜검(慧劍)

하지만 자운선자는 달랐다.
"축하하네."
자운선자는 그들 두 사람, 남편과 자식과는 달리 기쁜

얼굴로 화군악을 진심으로 축하했다.

화군악은 감히 가만히 앉아 있을 수가 없어서 바로 자리에서 일어나 허리를 숙이며 대답했다.

"감사합니다, 장모."

자운선자는 환하게 웃으며 화군악에게 말했다.

"우리 큰사위가 무당파의 평생 숙원인 무애암의 심득을 얻었으니, 역시 크게 보면 역시 우리 무당파 사람이 해낸 일이라고 해도 무방할 게야."

그녀는 곧 진원도장과 청경진인을 힐끗 쳐다보며 말을 이어 나갔다.

"그러니 무당파 제자라면 그 누구도 자네를 시기하거나 질투하지 않는 게 정상이지. 만약 그러한 자가 있다면 자네의 장인이 절대 가만히 있지 않을 테고."

"허험."

그제야 정신을 차린 진원도장은 멋쩍은 듯 가볍게 헛기침을 한 후 찻잔을 내려놓으며 천천히 입을 열었다.

"물유각주(物有各主)라고 해서 원래 모든 물건에는 저마다의 주인이 있는 법이고, 인연과보(因緣果報)라고 해서 모든 일에는 원인이 있고 그 원인에 따라 결과가 생기는 법이지."

진원도장의 말에 장예추는 문득 고개를 갸웃거렸다.

'인연과보라 함은 애당초 불가(佛家) 쪽의 가르침이 아

니던가?'

 사실 불가(佛家)와 도가(道家)는 상대방의 좋은 교리를 차용하기도 하고 설화나 전설도 빌려서 자신의 것과 짜 깁기하는 경우가 많았다. 특히 도가 쪽에서 그런 경우가 많았으니, 사실 진원도장의 불가의 가르침을 논파한다 하더라도 그리 이상할 건 없었다.

 진원도장의 말은 계속해서 이어졌다.

 "자네가 무애암에서 한순간의 깨우침으로 태극혜검을 얻었다면, 그건 곧 태극혜검과 자네의 인연이 그만큼이나 깊다는 걸 뜻하는 게야. 그걸 가지고 질투하거나 부러워하는 것처럼 어리석은 일은 또 없는 법일세. 그리고 우리 무당의 제자들 중 그렇게 어리석은 자는 없다고 생각하네."

 사실 진원도장의 말은 원론적인 이야기에 지나지 않았다.

 무당파 제자들 역시 사람인 이상 질투하고 부러워하고 시기하고 혐오하고 분노하고 살의(殺意)를 느끼는 건 너무나 당연했다.

 과거 화군악과 정소흔이 정사를 벌이는 광경을 훔쳐보고 질투와 시기로 인해 살의까지 느꼈던, 그래서 화군악을 죽이기 위해 몰래 그를 불러냈다가 오히려 그에게 목숨을 잃은 운자배 제자들의 경우도 있지 않은가.

하지만 자운선자는 제 남편의 말에 미소를 지으며 고개를 끄덕였다. 그녀 또한 무당파 제자들이 절대 어리석지 않을 거라고 믿는 모양이었다.
 화군악은 내심 한숨을 쉬었다.
 저렇게 철석같이 제자들을 믿는 장인, 장모 앞에서 '애당초 사람이란 말이죠…….' 하면서 반론을 펼칠 수는 없었다.
 그저 '좋은 말씀 잘 들었습니다.'라는 식으로 대화를 끝내는 게 서로를 위해서 좋을 것이고, 또 그래서 화군악 또한 그리 말하고자 했다.
 바로 그때였다.
 "한 가지 더 궁금한 게 있소."
 잠자코 진원도장의 이야기를 듣고 있던 청경진인이 다시 입을 열었다.
 "매제가 깨달은 심득이 분명 태극혜검이 맞소?"
 "허어, 옥환아."
 진원도장이 청경진인의 이름을 부르며 나무라는 표정을 지었다. 그러나 화군악은 상관없다는 듯 청경진인의 질문에 스스럼없이 대답했다.
 "잘 모르겠습니다."
 화군악의 대답에 진원도장마저 눈을 휘둥그레 뜬 채 그를 돌아보았다. 화군악은 솔직하게 말했다.

"사실 태극혜검을 본 적이 없으니 이게 태극혜검인지 아니면 또 다른 검법인지 전혀 모르겠습니다."

"흐음. 그렇겠군."

진원도장이 고개를 끄덕이며 중얼거렸다.

"태극혜검이라는 게 워낙 오래전에 실전(失傳)이 된 검법이다 보니 그 누구도 정확하게 판단할 수가 없겠지. 하지만 전해지는 말에 따르자면 태극혜검은 무당파 모든 검법 총화(總和)로, 무당파의 시작이자 끝이라고 했네. 추측건대 그 이야기는 아무래도……."

진원도장은 말꼬리를 흐리며 힐끗 화군악을 바라보았다. 만약 자신이 추측하는 것과 화군악이 얻었다는 심득의 특징이 일치한다면 그건 확실히 태극혜검일 거라고 생각하는 눈치였다.

"맞습니다."

화군악은 담담한 어조로 말했다.

"제가 깨우친 바로는 저 무애암에 새겨진 검선은 수십 개의 서로 다른 초식이자, 완벽하게 조화를 이룬 단 하나의 초식이기도 하니까요."

"허어!"

"어머나."

"흐음."

동시에 세 명의 무당파 사람들이 놀라 탄성을 내질렀

다. 바야흐로 저 무애암에 숨겨진 비밀의 모습이 드러난 것이었다.

'어차피 태극혜검은 무당파의 것이니까.'

이때 화군악은 그렇게 생각하고 있었다.

자신의 깨우침을 설명하는 것으로 무애암의 기연(奇緣)을 무당파에게 돌려줄 수 있다면, 그리고 그 약간의 도움으로 인해 무당파와의 관계가 더욱 돈독해질 수만 있다면 얼마든지, 밤을 새워서라도 설명할 생각이었다.

"모르기는 몰라도 장삼봉 진인께서는 단 한 호흡의, 단 한 번의 칼질을 통해서 그간 창안하셨던 본인의 모든 검법을 무애암 바위에 새겨 놓으셨던 것 같습니다. 그리고 바로 그 단 하나의 초식을 일컬어 태극혜검이라고 칭하신 것 같고요."

혜검(慧劍)은 곧 지혜의 검으로 번뇌의 속박을 단번에 끊어 버린다는 불가의 용어였다.

장삼봉 진인이 무당파를 개파(開派)하기 이전에 한때 소림사에 있었다는 전설도 있으니, 자신의 마지막 검법의 명칭에 혜검이라는 불가의 용어를 사용한 건 충분히 가능한 일이었다.

태극(太極)과 혜검(慧劍).

불가와 도가의 교리를 한데 어우르고 세상 모든 번뇌와 심마(心魔)를 잘라 내어 마침내 그 하나만으로 천하 위에 우뚝 서서 군림할 수 있는 유일한 검법.

 아마도 장삼봉 진인은 그런 희망을 지닌 채 그 검법을 태극혜검이라고 칭한 것일지도 몰랐다.

 화군악의 설명에 진원도장은 무릎을 치며 감탄했다.

 "그렇구나. 너무나도 태극혜검이라는 말에 익숙해져서 전혀 생각하지도 못했는데, 알고 보니 태극과 혜검이라는 게지. 도가의 상징인 태극과 불가의 단어인 혜검이 하나로 조화를 이루니, 그것만으로도 세상이 평화로워지고 모든 사마외도(邪魔外道)가 고개를 숙일 수밖에 없을 터! 바로 그것이 조사께서 희망하시고 꿈꿔 이룩한 검법인 게야."

 "무량수불, 무량수불……."

 진원도장의 말에 자운선자와 청경진인은 겸허하고 공손한 모습으로 도호를 외웠다.

 "중간에서 말을 끊어 미안하군. 그래, 계속해 보게."

 잠시 눈을 감고 방금 깨달은 것들을 정리하던 진원도장이 문득 화군악을 바라보며 인자하게 웃었다. 처음 이 방을 들어섰을 때보다 최소한 다섯 배 이상 부드러워진 인상이었다.

9장.
시연(試演)

청경진인은 받아 든 검을 묵묵히 훑어보았다.
수면을 내리칠 때였을까.
아니면 허공으로 수백 개의 검기를 쏘아 올렸을 때였을까.
어쨌든 그 충격과 위력을 감당하지 못한 바람에
청경진인의 검신에는 금이 가 있었고, 검날 곳곳이 빠져 있었다.

시연(試演)

1. 기이한 대화

"무애암에 새겨진 수백 개의 검흔(劍痕)은 각각 독자적으로 구성된 수십 개의 무공인 동시에, 그 수십 개의 무공을 묶어서 만들어진 하나의 검법입니다."

화군악은 침착하게 말했다.

"그 검로(劍路)의 시작점이 어디냐에 따라서 검선(劍線)의 흔적들은 곧 태극문해가 되고 태극회선류가 되기도 하며, 소청검법이 태청검법이 되기도 합니다."

"으음."

진원도장이 낮은 신음을 흘리는 가운데 청경진인이 차탁을 바짝 당겨 앉으며 입을 열었다.

"나도 그 검흔에서 몇 가지 본파의 무공을 찾아낼 수 있었소. 하지만 어떻게 그 수십 가지의 무공이 하나의 검법으로 연결되는지는 도저히 알아낼 수가 없었소."

청경진인이 더없이 진지한 어조로 말했다.

"무엇보다 그 거대한 검법의 시작점이 어디인지부터 파악해야 하고, 그 시작점에서 어떻게 선과 선이 연결되는지 알아야 하는데…… 워낙 아둔하고 자질이 부족해서인지 어디서부터 시작하는지조차 알 수가 없었소."

"큰처남께서 아둔하고 자질이 부족하다고 하시면 세상에 똑똑하고 자질이 뛰어난 자가 어디 있겠습니까?"

화군악의 말에 청경진인이 피식 웃는 낯으로 말했다.

"매제는 내가 풀지 못한, 아니 무당파가 수백 년 동안 해결하지 못한 수수께끼를 풀지 않았소?"

"그야 운이 좋았을 따름이고, 또 장인어른의 말씀을 빌리자면 약간의 인연이 닿았을 뿐입니다."

화군악은 애매하게 웃으며 대답했다.

"한순간의 깨달음만으로 어찌 총명과 아둔함을 구분할 수 있겠습니까? 천하의 바보라 하더라도 하늘의 구름을 쳐다보다가 뭔가 깨달음을 얻을 수도 있지 않겠습니까?"

"뭐, 그건 확실히 자네의 말이 맞네."

진원도장이 말했다.

"자고로 현명한 자일수록 각성(覺性)하기 어렵다고 했

으니까. 머리가 좋고 뛰어난 자는 무슨 일이든 논리적으로 이성적으로 풀어 나가려 하는 습성이 있으니까. 하지만 깨달음이라는 건 그렇지 않아서 마치 무더운 여름날 우연히 불어온 한 줄기 시원한 바람과도 같으니, 현명한 자들은 그 찰나의 깨우침에 대해서 도저히 납득하지 못하는 법이거든."

"제 말이 바로 그렇습니다. 그러니 아둔하다거나 부족하다거나 하는 말씀은 거둬 주시기 바랍니다."

"허험. 알겠소. 중간에서 말을 끊어 미안하오. 그럼 계속 이야기해 주오."

청경진인이 살짝 고개를 숙이며 사과하자, 화군악은 잠시 생각을 정리하다가 다시 입을 열었다.

"시작점이라고 하셨는데…… 제 짧은 깨달음으로 보자면, 무애암에 새겨진 검선은 정중앙에서 시작되어 원을 그리듯 사방으로 퍼져 나가고 있습니다."

화군악은 계속해서 말을 이어 나갔다.

"그것은 마치 수면 위에 한 방울의 물이 떨어져 파문(波紋)이 일고 번져 나가 마침내 커다란 소용돌이가 되는 것과 비슷한 이치입니다."

화군악의 말이 거기까지 이어졌을 때였다.

"음?"

지그시 눈을 감은 채 화군악과 무당파 사람들의 대화를

듣고만 있던 담우천이 움찔 놀라며 번뜩 눈을 떴다. 그러고는 상당히 놀란 눈빛으로 화군악을 바라보았다.

그 뜨겁고 강렬한 눈빛을 느낀 것일까.

화군악은 중간에서 말을 멈추고 그를 돌아보았다. 화군악은 담우천이 자신을 노려보듯 바라보는 것에 의아함을 느끼고 고개를 갸웃거렸다.

"왜 그런 눈으로 보시는 겁니까, 담 형님?"

화군악의 물음에 담우천은 살짝 흔들리는 목소리로 대답했다.

"방금 네가 이야기했던 부분이 내가 과거 저귀로부터 들었던 화두(話頭) 한 자락의 깨우침과 너무나도 비슷했기 때문이다."

"네?"

이번에는 화군악이 놀란 표정을 지었다. 진원도장이나 청경진인도 흥미진진한 얼굴로 두 사람의 대화를 지켜듣고 있었다.

"당시 그 깨우침을 통해 완성된 일원검(一元劍)의 묘리가 바로 그것이다."

담우천은 진지한 표정으로 말을 이었다.

"한 방울의 물로 시작하여 파문을 일으키고, 그 파문은 곧 천하를 뒤덮은 소용돌이가 된다. 그 거대하고 압도적인 소용돌이를 다시 오직 한 방울의 물 안에 담아내 펼친

다면, 그 파괴력과 질량과 폭발적인 위력은 천하를 위진시킨다. 바로 그게 내 일원검의 원리라 할 수 있다."

"흐음."

진원도장이 저도 모르게 신음성을 흘렸다.

그는 다름 아닌 무당파의 장문인이었다. 그리고 무당파는 검(劍)의 종주(宗主)였다. 검에 대해서라면, 초식의 구성과 논리와 숙련도에 관해서라면 그 누구와도 비견할 수 없는 경험과 관록을 지닌 진원도장이었다.

그랬기에 진원도장은 지금 담우천의 말만 듣고서 그의 일원검이라는 검법이 얼마나 무섭고 두려우며 공포스러운 절기(絕技)인지 단숨에 파악할 수 있었다.

또한 담우천과 화군악이 나누는 대화야말로 자신이 평생을 추구해 왔던, 하지만 아직도 실현하지 못한 궁극의 검(劍)이라는 사실에 큰 충격을 받았다.

그가 저도 모르게 흘린 짧은 신음은 그 두 가지 의미를 동시에 담고 있었다.

하지만 화군악과 담우천의 귀에는 진원도장의 미약한 신음이 들리지 않았던 것일까. 그들은 진원도장을 아랑곳하지 않은 채 오로지 자신들만의 대화에 집중하고 있었다.

"그렇군요. 확실히 형님의 깨달음과 제 심득에는 일맥상통하는 게 있네요. 하지만 제 태극혜검과 형님의 일원검은 전혀 다른 검법인데 말이죠."

"저귀가 말하더군. 수백 년 전에도 내가 전해 받았던 화두의 깨우침을 얻은 자들이 있었는데, 그들 모두 서로 다른 무공을 펼쳤다고 말이지."

담우천은 과거 저귀와 나눴던 대화를 떠올리며 계속해서 말을 이어 나갔다.

"즉, 같은 깨달음이라도 서로 다른 결과를 얻을 수가 있고, 또 각각 다른 깨달음이라도 결국에는 같은 결과를 낼 수도 있지. 사람마다 깨달음이 다를 수도 있고 같을 수도 있으니, 어쩌면 깨달음은 하나이면서 수십, 수백 개일 수도 있는 게지. 마치 자네의 그 태극혜검처럼 말이네."

화군악은 저도 모르게 무릎을 치며 말했다.

"아! 그러니까 장삼봉 진인의 태극혜검이야말로 진정한 깨달음일 수도 있겠군요."

담우천이 미묘한 미소를 지으며 고개를 끄덕였다.

"그런 깨우침이 아니라면 어찌 우화등선(羽化登仙)을 할 수 있겠느냐?"

기이한 대화였다.

도가의 성지(聖地)라 알려진 무당파에서, 그것도 무당파 장문인과 장문 사모, 차기 장문인 후보를 두고서 그들의 조사가 얻은 심득에 대해서 논하고 있는 것이었다. 그것도 무당파와는 아무런 상관도 없는 두 사람이.

"한 가지 궁금한 게 있소. 조금 전 말씀 중에 말이오."

그들 두 사람의 대화에 귀를 기울이고 있던 진원도장이 담우천을 향해 불쑥 입을 열었다.

"나름대로 강호의 인물에 대해서는 해박하다고 자부하는 편이지만, 아무리 생각해 보아도 담 대협의 말씀 중에 나오는 저귀라는 분이 도대체 어느 방면의 고인(高人)인지 전혀 알지 못하겠구려."

"으음."

담우천이 어떻게 설명해야 하나 살짝 망설일 때, 화군악이 먼저 입을 열었다.

"장인어른께서는 모르시는 게 당연합니다. 저귀라는 자는 저 유주 땅에서 객잔을 운영하는 풍보 주인장이니까요."

"객잔 주인?"

진원도장의 눈이 휘둥그레졌다. 청경진인도, 자운선자도 꽤 놀란 눈치였다.

천하의 담우천에게 화두를 내준 자가 변방 중의 변방인 유주 땅에서 객잔을 운영하는 사람이었다니.

"하지만 그의 내력은 매우 신비하고 비밀스러우며, 또한 그 무공 실력은 천하의 그 누구도 당해 낼 수 없을 정도로 고강합니다."

시연(試演) 〈265〉

화군악의 말에 담우천이 동의하듯 고개를 끄덕이며 말을 받아 이어 갔다.

"확실히 지금의 나조차도 저귀에게 이길 자신은 없소."

"으음."

벌써 몇 번째인지 모르는 신음을 흘리는 진원도장의 눈빛이 한없이 깊어졌다.

진원도장은 사선행수 시절의 담우천을 알고 있었으며, 또한 지금의 담우천이 당시보다 몇 배는 더 강해졌는지도 알고 있었다.

어쨌든 강호 무림에서 가장 강한 인물 중 하나로 알려진 철목가의 정극신을 죽인 자였고, 또 무림십왕 중 검왕에게 중상을 입힌 인물이 바로 담우천이었다.

바로 이 시점에서, 공적십이마가 세상에서 자취를 감추고 소림성승과 무당오로가 쇠퇴해진 바로 이 시점에서, 눈앞에 앉아 있는 저 담우천은 말 그대로 천하제일인이라고 불려도 손색이 없을 인물이기도 했다.

그런 자가 이길 자신이 없다고 말한다면, 도대체 저귀라는 객잔 주인은 도대체 얼마나 강한 고수란 말인가.

또 그가 내주었다는 화두는 무엇일까.

과연 그 화두의 해답만 찾는다면 담우천처럼 불과 몇 년 사이에 최고의 경지에 오를 수 있는 것일까.

한꺼번에 십여 가지의 의문과 궁금증이 진원도장의 머

릿속에 떠올랐다가 사라졌다.

하지만 진원도장은 게서 입을 다물었다. 더 묻고 싶었지만, 더 알고 싶었지만 지금은 자리도 아니고 때도 아니었다. 적어도 지금은 반드시 무당파 장문인의 본분을 지키고 긍지를 보여 주어야만 하는 자리였다.

"저귀라……. 언제고 한번 만나 보고 싶은 분이시구려."

진원도장은 그 한마디를 끝으로 자신의 호기심과 의문을 덮고 지워 냈다.

화군악이 웃으며 말했다.

"모든 상황이 정리되면 제가 직접 모시고 가겠습니다. 그 뚱보 주인장, 의외로 사람 사귀는 게 서툴고 부끄러움을 많이 타는 성격이거든요."

"허허. 이야기를 들으면 들을수록 더 만나 보고 싶군그래."

진원도장이 너털웃음을 흘렸다.

2. 부탁

"무례한 부탁인 줄 알지만……."
청경진인이 입을 열자마자 진원도장이 그의 말을 잘랐다.

"됐다. 그만해라. 무례한 줄 알면 하지 않으면 된다."
"하지만 매제에게 꼭 청을 드리고 싶습니다, 장문."
"무슨 부탁인지 대충 짐작하기 때문에 하는 말이다. 네가 굳이 그걸 확인할 필요는 없다. 예전에 내가 직접 본 적이 있으니까. 게다가 애당초 지금 이 자리는 태극혜검을 논하기 위한 자리가 아니지 않았더냐?"

진원도장은 냉정하게 말했다.

이 정도라면 '네, 알겠습니다.' 하고 물러설 법도 하지만 의외로 청경진인의 고집은 쇠심줄처럼 질기고 단단했다.

"무당의 제자인 이상 그 전설의 태극혜검을 두 눈으로 직접 보고 싶은 게 너무나도 당연하지 않겠습니까? 게다가 저는 차기 장문인 후보 중 한 사람입니다. 차후 또 다른 누군가가 태극혜검을 얻었다며 나서게 될 때, 최소한 그 진위 여부를 파악할 수는 있어야 하지 않겠습니까?"

"그건 내가……."

해도 된다, 라고 말을 하려던 진원도장이 문득 입을 다물었다.

생각해 보니 이제 그도 살아갈 날이 그리 많이 남지 않은 셈이었다. 안 그래도 슬슬 차기 장문인을 정해서 그에게 자리를 넘겨주고 안빈낙도(安貧樂道)의 삶을 즐길 때가 되지 않았나 하던 생각도 없지 않았으니까.

진원도장은 장남 정옥환의 얼굴을 바라보았다.

그 스스로는 '차기 장문인 후보 중 한 명'이라고 하지만 대부분의 무당파 사람들은 그를 이미 차기 장문인으로 인정하고 있는 추세였다. 그게 대세였고, 진원도장 역시 그렇게 될 거라고 인정하고 있었다.

그러니 예서 그의 자존심을 꺾거나 뭉개는 발언을 하는 건 그를 위해서도, 앞으로의 무당파를 위해서도 절대 좋지 않았다.

진원도장이 중간에서 말을 멈춘 이유가 바로 그것이었다.

청경진인은 자신의 부친을 바라보다가 그 미미한 표정의 변화를 읽었는지 곧바로 화군악을 바라보며 입을 열었다.

"무례한 부탁인 줄 알지만, 매제가 깨우친 그 심득의 정수를 내게 보여 줄 수 있겠소?"

화군악은 의외로 쉽게 대답하지 않은 채 청경진인을 가만히 바라보았다. 청경진인의 눈빛에 살짝 불안한 기색이 스며드는 순간, 화군악이 웃으며 입을 열었다.

"저도 형님께 부탁이 하나 있습니다."

청경진인이 반색하며 말했다.

"얼마든지 말해 보오. 들어줄 수 있는 건 다 들어 드리리다."

"저는 형님의 누이동생과 혼인했으며, 또 형님보다 열 살가량 어립니다. 그러니 이제 동생 대하듯, 그렇게 말을 놓아 주셨으면 합니다. 그게 제 부탁입니다."

그렇게 말한 화군악은 머뭇거리며 말을 이었다.

"지금은 왠지…… 가족이 아닌 손님을 대하는 느낌인지라 조금은 어색하고 거북하거든요."

청경진인은 화군악이 그런 부탁을 해 올 줄 몰랐다는 듯 눈을 동그랗게 뜨고 바라보다가 크게 고개를 끄덕였다.

"미안하네. 나는 아무래도 오늘이 첫 만남이고 해서 함부로 말을 놓는 것도 실례일지 모른다는 생각이었는데…… 그게 외려 벽을 쌓은 느낌을 준 모양이군그래. 좋아, 원한다면 앞으로는 친동생 다루듯 해 주지."

청경진인은 처음으로 씨익, 미소를 지으며 말을 맺었다. 화군악은 그 미소가 괜히 살갑고 반갑게 느껴져서 저도 모르게 활짝 웃으며 말했다.

"그럼 부족하나마 형님께 제가 얻은 심득의 결과물을 보여 드리겠습니다."

화군악이 자리에서 일어나며 허리춤에 손을 가져가다가 이내 난색을 취했다. 그의 애검 군혼은 지금 해검대에 놓여 있지 않은가.

그 표정을 읽은 청경진인이 제 검을 풀어 화군악에게

건넸다.

"대단한 명검은 아니지만 오랫동안 손질한 검이네. 부디 손에 맞았으면 좋겠군."

검이라고 해서 다 같은 검이 아니었다.

그 모양새나 무게, 손잡이를 잡았을 때의 느낌 같은 것들이 모두 흡족하게 마음에 들어야만 비로소 자신의 검이 되는 것이었다.

아무리 좋은 검이라 할지라도 제 손에 맞지 않으면 제대로 그 진가를 발휘하기 어려울 수밖에 없었다.

"좋은 검이군요. 아주 소중히 다뤘다는 걸 금세 느낄 수 있습니다."

검을 받아 쥔 화군악은 몇 차례 허공에서 검을 휘저은 후 고개를 끄덕이며 사람들을 둘러보았다.

"제대로 보여 드리려면 아무래도 이 방이 너무 좁은 것 같습니다."

"그럼 밖으로 나가지."

청경진인이 서둘러 자리에서 일어날 때 화군악이 다시 말했다.

"이 차탁 하나 제 마음대로 사용해도 괜찮을까요?"

"음?"

그 질문의 의미가 무엇인지 몰라 경청진인이 살짝 어리둥절할 때, 자운선자가 웃으며 말했다.

"부수든 불을 지르든 마음대로 사용하게."

화군악이 웃으며 대답했다.

"고맙습니다, 장모."

동시에 화군악은 가볍게 검을 휘둘러 차탁의 등판을 잘라 냈다.

두꺼운 나무판자가 서걱거리는 소리가 나지 않게 잘리는 광경은 확실히 청경진인의 검의 훌륭함과 화군악의 내력의 대단함을 보여 주는 장면이었다.

도대체 무슨 일을 벌이는지 모르겠다는 표정을 짓는 사람들을 둔 채, 화군악은 그렇게 잘라 낸 차탁 등판을 들고서 방을 빠져나갔다. 사람들이 그 뒤를 따라 우르르 방 밖으로 나섰다.

복도처럼 이어진 회랑 난간 앞에 선 화군악은 잠시 연못을 둘러보다가 절벽에서 가장 가깝고 환빈정에서 가장 먼 쪽으로 차탁 등판을 내던졌다.

고요한 밤중 첨벙거리는 소리가 유난히 크게 들려왔다.

화군악은 그 나무판자가 가라앉지 않고 연못 위에 둥둥 떠 있는 걸 확인했다. 그러고는 몸을 돌려 사람들에게 "그럼." 하고 인사를 한 후, 다시 몸을 돌려 훌쩍 삼 층 난간을 밟고 연못 아래로 뛰어내렸다.

그의 도약은 한 마리 새처럼 날렵하고 부드럽고 우아하

여 자운선자는 저도 모르게 손뼉을 치며 감탄했다. 진원도장은 무심한 눈빛으로 그 모습을 지켜보았고, 청경진인은 가늘게 떨리는 목소리로 중얼거렸다.

"등평도수(登萍渡水)라……."

놀라운 일이었다.

연못으로 뛰어내린 화군악은 그 전에 던져 두었던 나무판자를 밟은 채 물 위에 둥실 떠 있었다.

물 위의 개구리 밥풀을 밟으며 물을 건넌다는 수법이 바로 등평도수의 경공술이었다. 저 옛날 보리달마(菩提達磨)가 갈댓잎 하나를 탄 채 강을 건넜던 수법이 일위도강(一葦渡江)이었다.

화군악이 차탁에서 잘라 낸 조그만 나무판자 위에 몸을 실은 채 연못 위에 둥둥 떠 있는 광경은 확실히 등평도수나 일위도강에 못지않은 수준의 경공술이었다.

더더욱 놀라운 건 그 둥실거리는 나무판자 위에서 균형을 잡고 검법을 시전하려 한다는 점에 있었다.

사실 최대한 몸을 가볍게 하여 나무판자 위에 발을 딛고 물 위에 떠 있는 수법은 어느 정도의 내공과 경공술의 수련이 있으면 충분히 가능한 일이었다.

하지만 그 나무판자 위에서 검법을 펼치고 투로를 시전하는 건 곧 양발의 무게 중심을 자유자재로 사용한다는 의미인 동시에, 내력을 펼쳐도 몸의 무게가 무거워지지 않고 중심이 변하지 않는다는 뜻과 같았다.

 그건 최소한 일 갑자 이상의 내공과 또 일 갑자 이상의 수련을 거쳐야만 비로소 가능한 일이었다.

 심지어 차기 무당파 장문인 후보로 손꼽히는 이 사십 대 나이의 청경진인조차 지금 화군악과 같은 무위를 보여 줄 수가 없었다.

 그래서였다. 연못을 내려다보는 그의 얼굴이 딱딱하게 굳어 있는 까닭은.

 "예서 보는 것보다는 일 층으로 내려가서 보는 게 더 눈에 잘 들어오겠구나."

 문득 진원도장의 말에 사람들은 모두 동의했다. 동시에 그들은 여러 마리 학들이 날아내리듯 삼 층 회랑에서 일 층 회랑으로 떨어져 내렸다.

 그렇게 사람들이 정면에서 마주 볼 수 있게 된 순간, 화군악은 마치 기다렸다는 듯이 검을 앞으로 내질렀다.

3. 한밤중의 소동

 그의 검이 자신의 중단전(中丹田)을 파고드는 듯한 착각에 사람들이 움찔할 정도로 화군악의 검은 예리하고 맹렬하게 짓쳐들어왔다.

그리고 다음 순간, 정면으로 내질렀던 화군악의 검이 희미하게 떨리는가 싶더니 그를 중심으로 연못에 파문이 일기 시작했다.

 동시에 한 자루의 검이 수십 가닥으로 갈라지면서 사방 팔방으로 휘돌아다니며 순식간에 화군악의 주변을 새하얀 빛으로 에워쌌다.

 "아아, 태극여의(太極如意)에 태청소요구구검(太淸逍遙九九劍)이다. 저 둘을 한꺼번에 펼칠 수가 있었다니, 왜 진작 그런 방법이 있다는 걸 깨닫지 못했을까."

 지켜보고 있던 진원도장이 감탄하듯 중얼거렸다.

 반면 청경진인의 얼굴 한 자락에는 깊은 어둠의 그림자가 스며들었다. 지금 이 한 장면만으로 어린 매제의 무당파 검법이 자신을 뛰어넘고 있다는 사실을 인지한 까닭이었다.

 하지만 그건 끝이 아니라 이제 시작이었다.

 한 자루의 검으로 천변만화(千變萬化)의 변화를 일으키던 화군악은 게서 다시 급격하게 검을 내리쳤다. 동시에 천둥소리와 함께 한 줄기 새파란 빛의 낙뢰(落雷)가 수면을 강타했다.

 순간 엄청난 굉음과 함께 거대한 물보라가 허공 삼 장 높이까지 치솟아 올랐다.

 그리고 그 물보라가 수면으로 낙하하기도 전에 곧 콰콰

콰쾅! 하는 폭음과 함께 화군악 주위를 뒤덮으며 솟구치는 십여 개의 거대한 물기둥으로 이어졌다.

그 폭음과 굉음이 얼마나 요란했는지, 화군악이 단 한 호흡에 펼쳐 낸 수백 개의 초식이 얼마나 휘황찬란한 빛을 일으켰는지 연못 주변은 마치 수십, 수백 발의 폭죽이 터진 듯한 장관을 이뤘다.

모두가 깊이 잠들어 있던 한밤중, 천주봉 정상 일대에 난리가 났다. 도관마다 불이 밝혀지고 잠자리에서 벌떡 일어나느라 옷매무새를 제대로 갖추지도 못한 도사들이 무기를 든 채 황급히 뛰어나왔다.

"적인가?"

"무슨 일이야?"

"어디서 폭발한 거지?"

도사들은 검을 쥔 채 사방을 두리번거리다가 연못 쪽에서 막 그 눈부신 섬광이 신기루처럼 사라지는 모습을 확인하고는 서둘러 달려갔다.

환빈정 대청, 자신들의 방에서 잠자고 있던 두 명의 도동 또한 놀라서 달려 나왔다.

그 아이들은 거대한 물기둥들이 허공 높이 솟구쳤다가 사방으로 비산하는 장엄한 장관에 입을 떡 벌린 채 구경했다. 그런 까닭에 아이들은 바로 자신들의 앞에 진원도장이 서 있다는 사실도 전혀 눈치채지 못했다.

이윽고 수백 명의 도사가 환빈정 연못으로 달려올 무렵, 모든 물기둥이 사라지고 연못에 홀로 우뚝 서 있는 화군악의 모습이 드러났다.

놀랍게도 그렇게 엄청난 물보라와 물기둥이 솟구쳤음에도 불구하고 화군악의 전신은 물 한 방울 묻지 않은 상태였다.

화군악은 그 상태로 나무판자를 걷어차며 한달음에 연못을 훌쩍 뛰어넘어 일 층 회랑에 내려섰다.

"죄송합니다, 형님."

화군악은 청경진인에게 검을 돌려주며 사과했다.

"흥이 넘친 나머지 힘 조절을 제대로 하지 못하여 그만 형님의 검을 상하게 했습니다."

청경진인은 받아 든 검을 묵묵히 훑어보았다.

수면을 내리칠 때였을까. 아니면 허공으로 수백 개의 검기를 쏘아 올렸을 때였을까. 어쨌든 그 충격과 위력을 감당하지 못한 바람에 청경진인의 검신에는 금이 가 있었고, 검날 곳곳이 빠져 있었다.

"수련이 부족하고 서투른 바람에 아직 제대로 힘을 사용할 줄 모릅니다. 정말 죄송합니다. 검을 상하게 한 대가는 반드시 치르겠습니다."

"아니, 괜찮네. 검이야 새로 장만하면 되니까."

청경진인은 겨우 입을 열었다.

그는 놀랍다는 눈빛으로, 혹은 약간의 질투와 시샘이 담겨 있는 눈빛으로, 혹은 부끄러움과 자조가 실린 듯한 눈빛으로 화군악을 바라보면서 말을 이었다.

"그러니까 지금 그게 무애암에서 깨달은 심득이라는 게지? 태극혜검의 정수라는 게지?"

"아무래도 그렇게 말하기는 곤란할 것 같습니다."

화군악은 진심으로 대답했다.

"한 호흡이라고는 하지만 이렇게 오랫동안 검을 휘두르는 건 사실상 낙제라고 생각합니다. 제가 펼쳤던 그 모든 초식을, 그야말로 단 한 번의 호흡 안에 제대로 폭발시켜야만 비로소 장삼봉 진인이 완성했던 그 결과물이 나오지 않을까 싶습니다."

"으음."

청경진인은 상상했다.

화군악이 수면 위에서 펼쳤던 그 모든 검법과 초식들이 단 한순간에 펼쳐졌을 때의 광경이란!

주변에 그 어떤 적이 있더라도, 그 적의 수가 얼마나 많다고 할지라도 바로 그 한순간에 오십여 장 주변에는 단 한 명의 살아남은 자가 없는 그 장면을, 청경진인은 충분히 머릿속에 그려 낼 수가 있었다.

"오륙 성의 수준인 겐가?"

문득 진원도장이 다가오며 묻자, 화군악은 부끄럽다는

듯이 고개를 숙이며 대답했다.

"자질이 부족하여 아직 그 정도 수준에 머물고 있습니다."

"허어."

진원도장이 경탄의 한숨을 내쉴 때였다. 연못으로 모여든 무당파 제자들이 저마다 소리를 지르며 환빈정으로 이어지는 다리로 올라섰다.

"장문!"

"무사하셨습니까?"

"도대체 무슨 일이…… 설마 그자들이 장문께 공격을 펼친 건……."

진원도장은 가볍게 눈살을 찌푸렸다. 화군악이 재빨리 사과했다.

"죄송합니다. 제가 너무 소란을 피운 모양입니다."

"아니네."

그렇게 말한 진원도장은 몰려드는 제자들을 돌아보며 호령하듯 말했다.

"아무 일도 없으니 다들 물러가서 잠이나 더 자도록 하라!"

갑작스러운 호통에 무당파 제자들은 움찔거리며 걸음을 멈췄다. 그러고는 서로 눈치를 살피다가 머쓱하게 고개를 숙인 후 다시 발길을 돌렸다.

"너희들도 얼른 들어가렴."

자운선자가 부드러운 어조로 두 도동을 향해 말했다. 도동들은 감히 입을 열 생각조차 하지 못한 채 고개를 꾸벅 숙이고는 황급히 제 방으로 달려갔다.

"그럼 우리도 이만 들어갑시다."

진원도장의 말에 화군악을 비롯한 사람들 또한 환빈정 대청으로 발길을 옮겼다.

부친의 말을 미처 듣지 못했는지 홀로 남은 청경진인만이 그 자리에 우뚝 선 채 여전히 자신의 손상된 검을 내려다보고 있었다.

아무래도 감당할 수 없을 정도의 큰 충격을 받은 듯, 검을 들고 있는 그의 두 손이 부들부들 떨리고 있었다.

10장.
자격(資格)

그런데 지금 천예무의 몸은 그 어느 때보다도
강건하고 기력과 체력이 넘쳐흐르고 있었다.
한 번 몸에 힘을 줄 때마다 온몸의 근육이 꿈틀거리며 아우성을 쳤다.
마치 사십 대 초반의 몸으로 되돌아간 것만 같은 기분이었다.

자격(資格)

1. 혈판장을 보여 주게

 조금 전 있었던 요란한 소동이 거짓말이었던 것처럼 장내는 한없이 조용하게 가라앉아 있었다.
 어쩌면 당연한 일인지도 몰랐다.
 연못에서 화군악이 보여 준 검무(劍舞)는 확실히 충격적인 광경이었고, 모든 이들의 가슴에 여러 가지 감정을 한꺼번에 안겨다 주었으니까.
 지금 환빈정 태청 탁자에 둘러앉은 이들은 저마다의 상념에 젖어 있었다.
 '지금의 제왕검해로 과연 군악의 그 태극혜검을 상대할 수 있을까?'

장예추는 진지하고도 심각하게 고민했다.

그리고 결론은 불가(不可)였다.

지금의, 겨우 오 성 수준의 제왕검해로는 태극혜검의 빈틈과 허점을 찾아서 막고 비껴 내고 역습을 취할 수가 없었다.

태극혜검을 상대하기 위해서는 조금 더 수련해야 했다. 조금 더 내공을 쌓아야 했다.

'확실히 일원검과는 다르군그래.'

담우천은 그렇게 생각하고 있었다.

검극으로 동심원(同心圓)을 그리며 파문을 일으키는 건 비슷했지만, 이후의 모든 과정이 일원검과 전혀 달랐다.

태극혜검은 확실히 무당파 모든 검법의 총화였다. 그만큼 현란하고 아름답고 폭발적이었으나, 담우천은 아무래도 하나의 검에 너무 많은 게 담겨 있다고 생각했다.

'뭐, 애당초 자신이 창안했던 모든 검법을 집대성하여 하나로 묶고자 만든 검법이니 나름대로 이해는 가지만.'

담우천이 과거 장삼봉의 마음을 헤아리고 있을 때, 진원도장은 사위의 무위에 대해서 다시 한번 생각하고 있었다.

'도대체 지난 몇 년 동안 저 녀석에게 무슨 일이 일어난 게지?'

아무리 생각해도 이해가 가지 않는 발전이었다.

진원도장은 오륙 년 전, 화군악이 무당파의 오행검진을 상대하고 진공장로의 일격을 받아 냈을 때를 기억했다.

물론 그 당시의 실력만으로도 충분히 그 나이 또래에서는 최고의 실력을 지녔다고 인정할 법했다.

하지만 진원도장이 보기에는 아직 많은 부분이 부족했다. 또 그는 최소한 백여 초 안에는 능히 화군악을 제압할 수 있다고 자신했다.

그게 불과 오륙 년 전의 일이었다. 그리고 그 오륙 년의 시간이 흐른 지금에 이르러서의 화군악은 진원도장이 도저히 승리를 장담할 수 없는 수준까지 발전해 있었다.

수십 년 격차가 벌어진 상대를 따라잡는 건 결코 쉬운 일이 아니었다. 상대가 놀고 있지 않은 이상 아무리 노력한다 한들 그 격차를 줄이는 일은 거의 불가능에 가까운 일이었다.

그런데 화군악은 오륙 년 만에 그 불가능한 일을 가능하게 만들었다.

도대체 그에게 무슨 일이 있었던 것일까.

"어머나. 너무 조용한 거 아닌가요?"

직접 차를 끓여 내오던 자운선자가 쥐 죽은 듯 조용한 장내를 보며 활짝 웃었다.

"자, 다들 차 한 잔씩 들어요."

"아니, 제가 따르겠습니다."

자운선자가 차를 내오자 화군악은 가만히 앉아 있을 수가 없어서 황급히 자리에서 일어났다.

그는 자운선자로부터 빼앗듯이 찻주전자와 찻잔을 건네받고는 사람들에게 일일이 차를 따라 주었다. 자운선자는 자리에 앉으며 흐뭇한 눈길로 화군악을 쳐다보았다.

"그래, 이제 본론으로 들어가도 되지 않을까요?"

자운선자는 눈치 빠르게 화군악이 이야기를 꺼낼 기회를 만들어 주었다. 화군악은 그녀에게 고맙다는 고갯짓을 한 다음, 진원도장에게 자신들이 이곳에 온 이유와 목적에 대해서 설명했다.

진원도장과 청경진인, 자운선자는 놀란 눈으로 흥미진진하게 화군악의 이야기를 들었다.

특히 종리군이라는 자가 새외팔천을 움직여 대륙을 침공하고자 한다는 이야기와 화군악 일행이 여진의 칸을 찾아가 그들의 준동을 막았다는 이야기를 들을 때는 마치 옛날이야기를 듣는 어린아이들처럼 크게 흥분하기도 했다.

화군악은 계속해서 황태자 주완룡에 관한 것과 또 소림사에서 있었던 일들에 관해 이야기했다.

그리고 마침내 구파일방과 신주오대세가의 이름을 하나의 혈판장에 올려서, 새로운 연맹을 만들고자 한다는 말로 자신의 긴 이야기를 마쳤다.

"그동안 정말 많은 일들을 겪었구나. 고생 많았네, 사위."

자운선자는 부드러운 어조로 위로하듯 말했다. 일순 화군악은 저도 모르게 마음이 울컥했다.

처음부터 그랬다.

자운선자는 언제나 화군악 편이었다. 그녀는 늘 진심으로 화군악의 이야기를 들어 주었다.

화군악의 정체를 몰랐을 때도 그랬지만 화군악이 공적 십이마의 제자임을 알게 되고 나서도, 무림공적으로 규탄받게 된 후에도 자운선자는 한결같이 화군악을 믿고 도와주었다.

그 다정함은 사부 야래향의 그것과는 사뭇 달랐다. 뭐랄까. 단 한 번도 느껴 본 적이 없는 엄마의 다정함이 이런 게 아닐까, 하는 생각이 들 정도였다.

한편 진원도장은 새하얀 턱수염을 쓸어내리면서 화군악의 이야기를 정리하고 있었다.

사실 건곤가가 경천회라는 비밀 조직을 만들어 역성혁명을 꿈꾸고 있다는 추측은 꽤 오래전부터 하고 있었으며, 그에 관해서는 화군악과도 어느 정도 교감을 나누던 진원도장이었다.

하지만 그 후로도 좀처럼 건곤가와 경천회를 이어 주는 명확한 증거를 발견하지 못했기에 쉽게 움직이지 못하고 있었던 것도 사실이었다.

그러는 동안 사위 화군악은 무림오적이라는 오명(汚名) 속에서 전 무림인들에게 쫓기며 저 북해빙궁까지 도망쳐야 했고, 진원도장은 그 어떤 도움도 주지 못한 채 그저 묵묵히 방관만 하고 있어야 했다.

물론 아직도 건곤가가 곧 경천회라는 확실한 증거는 나오지 않았다.

하지만 이제는 더 방관할 때가 아니었다. 경천회뿐만 아니라 새외팔천까지 준동하는 마당에, 그리고 사위가 황태자 주완룡의 비밀 지령까지 받고 온 마당에 진원도장은 더는 망설일 이유가 없다고 판단했다.

"혈판장을 보여 주게."

진원도장이 침묵을 깨고 말했다. 장예추가 품에서 둘둘 만 종이 하나를 꺼내 탁자에 펼쳤다.

그 종이의 위쪽 부분에는 소림사 방장인 공허 대사의 법명과 손바닥이 붉은색으로 진하게 찍혀 있었다. 게서 조금 거리를 두고 강만리의 이름과 손바닥이 역시 피처럼 붉은색으로 찍혀 있었다.

진원도장은 손가락을 깨물어 피를 내고는 공허 대사 옆자리에 자신의 도호를 적어 내려갔다. 그리고 핏물을 손바닥에 골고루 묻힌 다음 도장을 찍듯 제 손바닥을 종이에 찍었다.

자운선자가 자리에서 일어나 어디론가 사라지더니 곧

수건과 대야를 가지고 돌아왔다. 진원도장은 대야의 물에 손을 씻고 수건으로 닦으며 입을 열었다.

"설마 구파일방과 신주오대세가 모두를 돌아다닐 생각인가?"

"현재는 그렇습니다만……."

"그럴 시간과 여유가 어디 있는가? 언제 새외팔천이 준동할지 모르는 긴박한 상황에서 최소한 반년 이상의 시간을 허비할 필요가 어디 있겠는가?"

진원도장의 말에 화군악은 마땅히 대답할 말을 찾지 못했다. 진원도장의 말이 계속해서 이어졌다.

"소림사와 연락을 취해 구파일방의 장문인들을 한자리에 모아 보겠네. 한 달 정도 걸릴 걸세. 그 회합에서 이번 혈판장에 대해 설명하고 모두의 동의를 얻도록 하겠네. 그러니 자네는 그동안 신주오대세가가 한자리에 모이도록 노력하게. 참, 장 공자의 처가(妻家)가 사천당문이라고 하지 않았던가?"

"그렇습니다."

"허허, 이것 참. 세상 사람들은 무림오적이니 뭐니 하며 손가락질을 하고 있지만 정작 그들의 처가는 무당이고, 사천당문이고, 북해빙궁이니 이렇게 기묘한 일이 또 어디 있느냐 말이지."

"모용세가도 있습니다."

"음? 그건 또 무슨 소리인가?"

진원도장은 화군악의 말에 눈을 휘둥그레 뜨며 물었다. 장예추가 살짝 난처한 표정을 짓는 가운데, 화군악은 장예추의 둘째 부인이 모용세가의 여식이며, 이미 성대한 혼례식까지 올렸다고 설명했다.

"허어, 그것참."

믿을 수 없다는 듯이 고개를 홰홰 젓던 진원도장이 다시 정색하며 말했다.

"사천당문과 모용세가라면 더더욱 일이 쉬워지겠군. 거기에 남궁세가 역시 건곤가라면 치를 떨고 있을 테니까. 최대한 빨리 그들을 한자리에 모으도록 하게나. 으음, 이왕이면 구파일방 장문인들이 모이는 자리에 함께 할 수 있으면 더 좋겠군그래."

"그렇다면 역시 그때가 가장 낫겠군요."

화군악의 말에 진원도장이 알아들었다는 듯이 고개를 끄덕이며 대답했다.

"그렇겠지. 명분은 충분하니 구파일방과 신주오대세가의 주인들이 한자리에 모여도 이상하게 여기지 않을 테니까."

"알겠습니다. 그럼 신주오대세가 쪽은 우리가 최대한 빨리 움직여 보겠습니다."

"모용세가가 팔월 중순까지 당도하려면 지금 바로 연

락을 취해야 할 것이야. 앞으로 정신없이 바쁘게 움직여야 하겠군, 사위."

"네, 그리하겠습니다."

화군악은 진심으로 고개를 숙였다.

동시에 그의 가슴이 가볍게 뛰고 있었다. 처음으로 진원도장의 입에서 사위라는 말이 나온 것이다.

드디어 제대로 된 사위의 자격(資格)을 얻은 것 같았다. 진정한 사위로 인정받은 것만 같았다.

2. 한 달 보름

천예무는 실망했다.

겪고 보니 초운혜가 처녀가 아닌 것이다.

규중처자인 그녀가 의외로 정사(情事)에 능수능란하다니…… 속았다는, 사기당했다는 생각마저 들 정도였다. 마음 같아서는 이 혼사, 당장이라도 때려치우고 싶었다.

물론 정사를 나눌 때야 그녀의 화려한 기교에 몇 번이나 신음을 흘리고 온몸에 경련을 일으키는 등 그 칠십 평생 경험해 보지 못한 짜릿한 쾌락 속에서 발버둥을 쳤다.

초운혜의 구교(口交)는 생전 처음 받아 보는 황홀한 기분이었으며, 양물을 따라 아래로 훑어 내리다가 가늘고 붉고 긴 혀로 천예무의 그곳을 빨고 쫄 때는 그야말로 미친 듯한 소리가 절로 입에서 튀어나올 정도였다.

사실 천예무는 지금껏 어린 계집들의 처녀를 가짐으로써 회춘(回春)하는 목표로 정사를 치러 왔었다. 이렇게 오로지 쾌락만을 추구하는 정사는, 특히 여인으로부터 완벽한 봉사를 받는 정사는 그의 삶에서 거의 없다시피 했다.

그렇게 처음 정사를 치르는 계집처럼 몇 번이나 까무러친 천예무는 새벽녘 홀로 일어나 곤히 잠든 초운혜를 내려다보며 깊은 한숨을 내쉬었다.

실망이었다. 확실히 실망이었다.

저 초일방의 장중보옥(掌中寶玉)인 초운혜가 이런 색녀(色女)였을 줄 누가 알았겠는가.

"젠장. 황금인 줄 알았더니 똥이었구나."

천예무는 이를 갈며 중얼거렸다.

당장에라도 혼사를 물리고 싶었다. 아니, 천하의 천예무에게 계집처럼 요사스러운 신음을 내고 허리를 배배 꼬고 심지어 눈물까지 흘리게 만든 이 발칙한 계집을 당장이라도 때려죽이고 싶었다.

"천만다행인 게다, 혼사가 뒤로 미뤄진 것이."

천예무는 황제와 황후의 죽음으로 자신의 혼사가 석 달 뒤, 팔월 보름으로 미뤄진 게 지금처럼 기쁜 적이 없었다. 만약 예정대로 식을 올렸다면 지금쯤 이 계집을 버리지도 못한 채 마냥 데리고 살아야만 했으니까.

그만큼 그가 느낀 충격과 실망감, 분노는 컸지만 놀랍게도 그 실망과 분노는 생각보다 그리 오래가지 않았다.

"응? 이건 또 무슨 일인가?"

천예무는 고개를 갸웃거리며 제 몸을 돌아보았다.

밤새도록 지칠 정도로, 기력이 쇠진하고 체력이 탈진할 정도까지 괴롭힘을 받았던 그였다. 그의 양물(陽物)에서 더는 아무것도 나오지 않을 때까지 정사를 치른 후였다.

그런데 지금 천예무의 몸은 그 어느 때보다도 강건하고 기력과 체력이 넘쳐흐르고 있었다.

한 번 몸에 힘을 줄 때마다 온몸의 근육이 꿈틀거리며 아우성을 쳤다. 마치 사십 대 초반의 몸으로 되돌아간 것만 같은 기분이었다.

'설마……'

천예무는 제 옆자리에 모로 누운 채 잠들어 있는 초운혜의 그 가녀린 어깨와 잘록한 허리, 펑퍼짐한 둔부의 아름다운 곡선을 내려다보며 중얼거렸다.

"진짜 회춘한 건가?"

그의 얼굴에 희열(喜悅)의 빛이 일렁이기 시작했다.

만약 이게 진짜 회춘이라면 환갑 이후로 그렇게나 원하던 일이 이제야 이뤄진 것이다.

하지만 왜? 왜 하필이면 지금에서야?

천예무는 수염을 만지며 잠시 생각에 잠겼다.

몇 가지 추측은 할 수 있었다.

우선 그간 그가 취했던 수많은 계집의 처녀혈(處女血)이 이제야 그의 몸속에 녹아들어 온전히 천예무의 것으로 변한 것이라는 게 첫 번째 할 수 있는 추측이었다.

하지만 천예무는 이내 고개를 저었다. 만약 그 처녀혈 때문이라면 그의 몸은 알게 모르게 은연중에 천천히 변해야 하는 게 이치에 맞았다.

이날까지 십수 년 쌓여 있기만 하던 처녀혈이 이제야 한꺼번에 각성하듯 천예무의 것이 된다는 건 말이 되지 않았다.

또 다른 추측이라면 역시 초운혜를 생각하지 않을 수가 없었다.

어쩌면 그녀의 몸이야말로 천하의 모든 사내가 원하는 궁극(窮極)의 신체여서 누구든 그녀와 한 번 접하면 회춘을 하고 체력이 강화되는, 그런 몸인지도 몰랐다.

또 어쩌면 그녀가 저 서장의 음양술(陰陽術)과 같은 신비한 술법을 익힌 까닭에, 정사를 치르는 남녀 모두의 내공을 끌어올리고 체력을 강화하고 심지어 회춘까지 시킬 수 있는 것인지도 몰랐다.

"어쨌든……."

천예무는 저도 모르게 손을 뻗어 그녀의 잘록한 허리를

쓰다듬었다.

"으음."

그녀가 잠꼬대하듯 뭔가 웅얼거리며 몸을 가볍게 뒤척였다. 순백의 나신(裸身)이 그대로 모습을 드러냈다.

그 나신을 내려다보던 천예무는 문득 아랫도리가 불끈거리는 기분을 느끼며 중얼거렸다.

"어쨌든 지금 당장 이 계집을 죽이거나 혼사를 파기할 필요는 없을 것 같구나."

어차피 혼사는 팔월 보름.

그때까지 이 요사스럽고 심지어 잔망(孱妄)하기까지 한 계집과 함께 있을 필요가 있었다.

그녀와 몇 번이고 정사를 더 치르면서 지금 천예무가 느끼는 회춘의 기분이 일시적인 것인지, 착각인지 아니면 진짜 회춘한 것인지 알아내야 했다.

그리하여 그 전말을 확인한 후에 그녀의 거취를 결정해도 늦지는 않을 터였다. 어쨌든 혼사는 아직도 한 달 보름 가까이나 남아 있었으니까.

* * *

"그때라고 말한 건 역시 팔월 보름을 뜻하는 거겠지?"
"물론이야."

장예추의 물음에 화군악이 고개를 끄덕였다.

"건곤가와 금해가의 혼인식, 그때처럼 구파일방 장문인들과 신주오대세가 가주들이 한자리에 모이기 쉬울 때가 없으니까."

"흠. 하지만 뒤로 미뤄지기 전의 혼인식에는 장문인이나 가주들이 직접 참석하지 않았잖아? 대부분 장로들이 찾아가 축하했는데, 이번에 가주나 장문인이 모인다면 그것대로 수상하게 느끼지 않을까 싶어서."

"상관없어."

화군악은 어깨를 으쓱거리며 말했다.

"기존 혼인식 때 장로만 보낸 게 마음에 걸려 직접 참석하기로 했다는 식으로 말하면 되니까. 그리고 태극천맹의 개파일(開派日)이 팔월 말이기도 하니, 겸사겸사 참석했다고 하면 될 거야."

"흠. 그건 또 그렇군."

"게다가 아직 한 달 보름 이상 남은 일이니 벌써부터 걱정하는 것도 그래. 지금은 그저 우리가 할 수 있는 일에만 집중하면 돼."

화군악은 평소와 달리 장난기 한 점 없는 진지한 목소리로 말을 이어 나갔다.

"우선은 신주오대세가를 설득하여 그 자리에 모이게끔 하는 일이겠지. 사천당문이야 우리가 찾아가면 되고……

모용세가 쪽은 북경부 황계를 통해서 아직 유랑객잔에 머물고 있을 설 형님께 전하면 되겠지."

"그럼 먼저 할 일은 성도부로 가는 와중에 황계 지부를 찾아야겠군그래."

"그래야겠지."

화군악은 완만한 산길을 내려가다 말고 힐끗 뒤돌아보았다.

맑은 하늘과 뜨거운 햇볕 아래 천주봉의 높은 봉우리가 까마득하게 높아 보였다. 어젯밤 있었던 일들 또한 이미 까마득하게 오래된 일들처럼 느껴졌다.

안면이 있던 진황 장로나 기타 다른 무당파 제자들과 마주치지 않은 건 어쩌면 다행일지 몰랐다. 특히 진황 장로는 아직도 운자배 제자들의 죽음과 청양도사의 실종에 화군악이 관련되어 있다고 생각하고 있을 터였다.

화군악이 그들과 마주치지 않고 길을 떠나게 해 준 건 진원도장과 자운선자의 배려일지도 몰랐다. 그들이 마주하면 반드시, 어떤 이유에서든 충돌이 날 거라고 예상했을지도 몰랐다.

"뭐, 어쨌든."

화군악은 다시 산길을 내려가며 중얼거렸다.

"우선은 황계 지부를 찾고, 다음에는 성도부에 가서 강 형님과 만나는 게 우리가 해야 할 일들이겠지."

그런 화군악의 중얼거림에 산길을 나란히 걷던 장예추와 담우천이 묵묵히 고개를 끄덕였다.

그들이 걸어 내려가는 길을 따라 숲에서 살랑거리며 바람이 불어와 그들의 등을 밀어 주었다. 그래도 작년보다는 그리 무덥지 않은, 칠월 초의 어느 날 아침이었다.

3. 황제의 자격

그들 두 사람이 친남매라는 사실을 아는 사람은 십삼매와 허 노대뿐이었다. 그런 까닭에 그녀가 허 노대를 불러 이 기막힌 상황에 대해 논의한 건 너무나도 당연한 일이었다.

십삼매의 하소연을 듣는 허 노대의 얼굴은 무표정하여 그가 무슨 생각을 하고 있는지 가늠할 수가 없었다.

사실 소야 위천옥(魏天鈺)은 공적십이마의 그 누구도 아닌, 오롯하게 허 노대가 키워 낸 걸작(傑作)이었다.

심지어 유령신마교(幽靈神魔敎), 줄여서 유령교라 불리는 교파의 교주(敎主)이자 위천옥의 친조부인 유령신마(幽靈神魔)조차 모르게 키워 낸, 허 노대의 피와 돈과 세월과 영혼을 갈아서 만든 최고의 작품이 곧 소야 위천옥이었다.

유령교의 봉공(奉公)이라는 신분을 감추고 이곳 성도부

에서 고리대금업 등 십수 개의 사업을 벌이고 있는 허 노대는 십삼매의 말이 끝난 지 제법 시간이 흐를 때까지 아무런 말도 하지 않았다.

"정말 말이 안 되는 일이 벌어지고 있어요, 지금."

십삼매는 한숨을 쉬며 말했다.

"아무리 뜯어말려도 그 아이의 고집을 꺾을 수가 없어요. 그렇다고 해서 두 사람이 친남매라고 밝힐 수는 없잖아요?"

그녀의 끊어지지 않는 하소연이 질린 것일까. 허 노대가 문득 입을 열었다.

"그게 어때서?"

"네?"

일순 십삼매의 아름다운 눈이 휘둥그레졌다. 허 노대는 무심한 눈길로 그녀를 쳐다보며 말했다.

"그게 어때서 그러오? 남매끼리 혼인하는 거야 자주는 아니더라도 가끔은 있는 일이 아니오? 제 모친과 혼인하겠다는 것도 아니고 말이오."

"……."

십삼매는 놀라고 당황하여 아무런 말도 하지 못한 채 멍하니 입을 벌린 채 허 노대를 바라보고 있었다.

반면 허 노대는 별반 신경 쓰지 않는다는 듯한 얼굴로 계속해서 말을 이어 나갔다.

"아니, 제 모친과도 혼인할 수 있는 일이 아닌가? 지난 역사를 돌이켜 보면 말이지, 누이와의 근친상간(近親相姦)은 물론, 심지어 제 모친과 상간(相姦)을 한 황제들이 그 얼마나 많았소? 저 유송(劉宋)의 전폐제 유자업은 겨우 일 년 동안 황제 위(位)에 있으면서 친누이였던 산음 공주와 근친상간을 하고 친고모인 신채 공주를 강간하여 후궁으로 삼지 않았소?"

가만히 듣고 있던 십삼매의 입이 다물어지지 못했다.

그녀의 새하얀 치아와 촉촉하게 젖은 붉은 속살이 햇볕 아래 고스란히 드러났다.

"어디 그뿐인가? 효무제는 사촌 여동생들은 물론 제 친 엄마와도 관계했소. 또 며느리는 물론이거니와 제 친딸 과도 관계한 황제들까지 나열한다면 오늘 밤을 새우더라 도 부족할 것이오."

"그러니까……."

십삼매는 겨우 입을 열었다.

"지금 천옥의 행동이 옳다고 말씀하시는 건가요, 허 노 대께서는?"

"옳다 그르다를 어찌 감히 우리가 판단하겠소?"

허 노대는 진지하게 말했다.

"하늘이 하는 일을 두고 사람이 왈가왈부할 수 없는 것 처럼, 황제의 행동을 신민(臣民)들이 제어할 수 없는 것처럼 소야의 그것 또한 우리가 판단할 수도 제어할 수도 없다는 뜻이오."

단숨에 그리 말한 허 노대는 길게 한숨을 쉬며 말을 이어 나갔다.

"솔직히 말하자면 나는 지금 더없이 기쁘오. 소야가 지금 본능적으로 친누이를 탐한다는 말에 나는 저도 모르게 과거 황제들을 떠올렸고, 즉 그건 다시 말해서 소야야말로 새로운 시대의 황제가 되기에 충분하다는 생각이 들었기 때문이오."

"그런 말도 안 되는!"

언제나 차분함을 잃지 않던 십삼매의 입에서 처음으로 격노한 음성이 터져 나왔다.

"지금 허 노대는 근친상간이 곧 황제의 자격이라고 말씀하시는 건가요? 그렇다면 그 근친상간한 황제들의 최후가 얼마나 처참했는지도 알고 계시는지요!"

확실히 근친상간을 한 황제들 대부분의 최후는 처참하기 그지없었다.

전폐제 유자업은 황제의 자리에 오른 지 불과 일 년 만에 환관의 칼에 찔려 죽음을 맞이했고, 그의 부친인 효무제는 서른다섯 나이에 병을 얻고 죽었다.

그들뿐만이 아니었다. 강간과 살육, 근친상간을 벌이면서 그 어떤 죄의식도 갖지 못한 황제들 대부분 제 명에

못 살고 처절한 죽음을 맞이했으니, 어쩌면 그게 하늘이 내린 인과응보(因果應報)이었을지도 모르는 일이었다.

"허험."

허 노대는 일부러 헛기침하며 십삼매의 물음에 대답 대신 엉뚱한 말을 늘어놓았다.

"듣자 하니 서안에 계셨던 어르신들께서 굳이 성도부로 오시는 중이라고 하던데 사실이오?"

도끼눈을 뜬 채 허 노대를 노려보던 십삼매는 가늘고 긴 한숨을 내쉬며 어깨의 힘을 풀었다. 그러고는 어느새 차분해진 평소의 목소리로 대답했다.

"그래요. 제가 도저히 그 아이를 감당할 수 없어서 그분들을 모셨어요."

"실수요."

허 노대는 딱딱하게 말했다.

"어르신들이 이곳에 와 봤자 좋은 일은 하나도 없을 것이오. 그러니 어르신들을 절대 소야와 만나게 하지 말고 서안으로 되돌려 보내시오."

"제가 그리 부탁한다고 과연 그분들이 고분고분 들어주실 것 같나요?"

십삼매는 희미하게 미소를 지으면서 말했다.

"서안으로 되돌아가실 때 되돌아가시더라도 반드시 그 아이의 귓불을 잡아끈 채 함께 돌아가실 겁니다."

"그게 가능하다면 말이지."

 허 노대는 서늘한 눈빛으로 십삼매를 쏘아보다가 문득 한숨을 내쉬고 고개를 이리저리 흔들었다.

"어쩌면 말일세."

 말투도 달라졌다.

"본 교와 황계와의 협약은 예서 끝날 것 같군그래."

 일순 십삼매의 눈빛도 달라졌다.

"그건 유령신마 어르신의 말씀이신가요? 그분의 생각이신가요?"

"글쎄."

 허 노대는 애매하게 말꼬리를 흐리며 천천히 자리에서 일어났다. 가뜩이나 조그만 체구에다가 이제 나이가 들어서 허리까지 굽다 보니, 허 노대의 키는 십삼매의 가슴에도 오지 않았다.

 하지만 여전히 허 노대의 눈에서는 광물질의 차갑고 무정한 안광(眼光)이 흘러나왔고, 동시에 한없이 거대한 야망과 탐욕의 불길이 일렁이고 있었다.

"어쨌든 나는 경고했네."

 허 노대는 자리를 뜨기 전, 다시 한번 십삼매를 돌아보며 말했다.

"그리고 이 경고를 받아들이지 않는다면…… 자네는 그 어느 때보다도 크게 후회하게 될 것이야."

십삼매는 말없이 가만히 그를 바라보았다.

말을 마친 허 노대 역시 그녀를 노려보다가 "흥!" 하며 가볍게 코웃음을 치고는 자리를 벗어났다.

문이 닫힌 후, 십삼매는 탁자에 팔꿈치를 대고 두 손으로 머리를 감싸 쥐었다. 그녀의 한없이 아름다운 얼굴은 처절할 정도로 일그러져 있었다.

허 노대와의 결별은 두렵지 않았다. 소야 위천옥이 문제였다. 만약 위천옥이 적으로 돌아서는 날에는…….

십삼매는 생각만 해도 끔찍하다는 듯이 온몸을 부르르 떨었다. 그러다가 문득 생각났다는 듯 그녀는 고개를 들어 천장을 올려다보며 입을 열었다.

"혹시 오라버니는 어디쯤 계실까요?"

그러자 천장 깊은 곳에서 나지막한 목소리가 들려왔다.

"소림사에서 치료가 끝나고 만해거사들과 함께 이곳 성도부로 오시는 길입니다."

"얼마나 걸릴까요, 이곳에 당도하기까지."

"열흘 정도 걸릴 것 같습니다."

"그래요, 열흘."

십삼매는 입술을 깨물었다. 한순간 그녀의 눈빛이 표독한 암고양이처럼 반짝이기 시작했다.

(무림오적 68권에서 계속)